やがて優しくひかる夜

夏生タミコ

幻冬舎ルチル文庫

C O N T E N T S ✦目次✦

やがて優しくひかる夜

✦カバーデザイン＝齊藤陽子（Coco.Design）
✦ブックデザイン＝まるか工房

イラスト・緒田涼歌✦

やがて優しくひかる夜

上を向こうとすると、首の後ろに刺すような痛みが走って、それ以上動かすことができなかった。朝から動かしにくいと思っていたが、今日一日で痛みが増した気がする。

十月の終わり、夜の気温はやっと秋らしく涼しくなってきた。真夏の暑さには体力も食欲も奪われ、随分苦労した。帰り道のこの時間帯だけでも、汗を掻《か》かずに歩けるのはありがたい。

青木史人《あおきふみと》は駅の改札を出ると、眼鏡を外して目元を軽く揉《も》み、動きにくい首を擦《さす》った。時計を見ると、二十一時を指している。今日はかなり早く帰れたから、気持ちが多少軽かった。いつもなら駅に着いた時点で大抵二十三時を回っているのだ。

総務から営業部に異動になって二年、自分に営業が向いてないことを痛いほどに思い知らされている。口先だけで話すのも、作り笑顔を振りまくのも苦手で、どうしてもうまくできない。その上、新しい上司との相性が悪かった。

先月変わったばかりの体育会系の上司は、とにかく何を言うのも命令口調で頭ごなしだ。史人は自分でも嫌になるくらい色白な上痩《や》せている。見るからに頼りなさそうな史人が相当気に入らなかったのか、出会い頭に言われた言葉が「おまえ、生っ白いな」だった。性格も内向的なところがある史人は、その時からいじめ甲斐《がい》があると認識されてしまったのかもしれない。それからは時間外の理不尽な指示や無理な要求はしょっちゅうで、要領の悪い史人はそれをうまく躱《かわ》すことができない。残業時間は増えるばかりだが、残業代は出ない。今も、上司の威圧するような話し方を思い出しただけで、胃がしくしくと痛む。

史人はため息を吐いて顔を上げた。せっかくいつもより早く会社を出られたのだ。こんな日くらい、嫌なことを忘れて家に帰り、一刻も早くスーツを脱ぎたかった。

自宅への帰り道を歩いていると、ポケットで携帯が震えた。見ると彰二《しょうじ》の名が表示されている。

「彰二？」

電話に出た途端、ひどい喧噪《けんそう》が耳に襲い掛かってきて、史人は思わず携帯から耳を離した。それでもジャラジャラという激しい音と、打ち込み系の音楽が大音量で漏れてくる。

「史人？　あー……俺だけど。もう帰った？」

聞こえにくいのか、彰二も大声を出していた。パチンコ屋からかけてくる時はいつもこうだ。

「今、帰りだよ」

「だったら悪いんだけどさ、金、貸してくんない」

何となく用件の予想はついていたが、史人はすぐに返事ができなかった。

「あとちょっとなんだよ、あともうちょっと打てば出るはずなんだ、よく回ってるんだ。頼む、絶対に返すから」

史人は彰二の猫なで声が好きじゃなかった。普段の彰二は、こんな話し方は絶対にしない。金をくれと言う時と、ギャンブルをしてきまりが悪い時だけ、誤魔化《ごまか》すような声を出すのだ。

「今やめたら、大損なんだよ」

黙り込んでいる史人に、彰二は更に懇願してくる。

史人はため息をついた。こんな電話は過去に何度もあったが、久しぶりだった。

ダメだときっぱり告げて、電話を切った方がいいと頭では分かっている。けれど史人は、この縋《すが》るような彰二の声を、無視できたことがなかった。

「頼む、ほんのちょっとでいいから。出たら返せるんだ、悪い台じゃないんだよ」

「分かった」

短く答えて携帯を切ると、史人はくるりと踵《きびす》を返し、彰二がいつも行くパチンコ屋に早足で向かった。今日は仕事に行くと言っていたはずだ。もしかして、もう辞めてしまったのだろうか。

矢井田《やいだ》彰二は史人の二つ年下の恋人だ。付き合い始めてから七年、一緒に暮らすようになってからは二年が経《た》つ。

先週、彰二が仕事に行くと言い出した時には、史人はひどく喜んだ。それまでも何度も仕事を替え、最近では働こうともしなかった彰二が、アルバイトとはいえ、自分で決めてきたのだ。飲みに行くかパチンコに行くかのどちらかしかない、彰二の自堕落な生活が少しでも変わるのなら、どんな仕事をしてくれても構わない。今度こそは長続きするかもしれないという期待も密かに抱《いだ》いた。

だが、仕事に行っている筈《はず》の時間にパチンコをしているということは、やはり結果はいつもの通りだったのだろう。考えると、気分が沈んだ。

繁華街を少し離れた静かな川沿いに、煌々《こうこう》とした明かりを放ちながら、大きなパチンコ店が建っている。闇夜《やみよ》に突然現れる毒々しい景観はいつ見ても違和感がある。この不自然な明かりを見ると、史人はいつも陰鬱な気分になった。

中は激しい喧噪に包まれている。史人は慣れない場所に眉《まゆ》をしかめながら彰二の姿を探した。幾つめかのレーンで、周りから頭一つ飛び出た茶色い髪の男が、史人に向かって手を振っているのが見えた。遠くからでもはっきりと分かる、二重のはっきりした目にすらりと通った高い鼻。背が高く、広い肩幅に長い手足を持つ彰二は、煙草の煙が充満したパチンコ店内の、どこか荒《すさ》んだ雰囲気の中にあっても、やはり目立つ。誰からも印象に残らないと言われる地味な史人とは正反対の、華やかさを持つ男だ。とは言っても、誰もが羨《うらや》むせっかくの容姿は、今や無造作に伸ばした髪の毛と無精ひげで何ともだらしなく見える。髭《ひげ》だけでも剃《そ》ってくれればもう少しまともに見えるのに、背中を丸めてパチンコを打っている姿は、どこからどう見ても無職のろくでなしといったありさまだ。昔は見た目にも随分拘《こだわ》って、服やアクセサリーに金をかけていたようだが、最近はそんなものはどうでもいいのか、いつ見ても大抵同じジーンズやシャツを着ていた。部屋着でないだけマシという程度だ。

「これしかないよ」

愛想笑いを浮かべている彰二に、史人は五千円札を差し出した。彰二は一瞬不満そうな顔をした。足りないと言いたいのだろうが、この五千円でさえ、出せるギリギリだ。来週予定されている会社の飲み会は断ることになるだろう。

「サンキュ」

彰二が躊躇《ためら》いなくお札を玉貸機に入れてしまう。あっという間に機械に吸い込まれていく紙幣に、史人は脱力した。

「絶対に返すから。今に全部返ってくるからさ」

機嫌を窺《うかが》うように繰り出されるそんなセリフも、もう聞き飽きた。もちろん、返ってきたことなどほとんどない。彰二はパチンコ台に目を移してしまい、史人にはもう目もくれなかった。

「じゃあ俺、帰るから」

「ああ」

「晩飯はどうする」

「あー、適当にして」

興味のなさそうな声は、もはや史人がそこにいることも忘れたようだ。史人は肩を落としてパチンコ店を出た。さっきよりも疲れが増した気がした。

この七年で、彰二はすっかり変わってしまった。確かに昔から真面目ではなかったし、飽き性で短気で、堪《こら》え性がなかった。大学も中退し、その後の就職先でも長続きしなかったが、少なくとも大学を辞めてすぐの頃は働こうという意志が見えていた。だから史人も彰二に向いている仕事先を一緒に探した。

だが最近では、そんなことをしても無駄だとどこかで諦《あきら》めている自分がいる。そんな風に思うのは冷たいだろうか。彰二が仕事を一つ辞める度、史人の中で彰二への期待が一つ減るのだ。

彰二が家に戻ってきたのは深夜一時前だった。史人は既に寝る準備をして、ベッドに入ろうとしていた。彰二はかなり酔っぱらっていて、足元も怪しかった。ばつが悪そうに充血した目を向けてくる様子を見れば、渡したお金も全てすってしまったのだということが分かる。そのあと、行きつけの飲み屋で飲んできたのだろう。聞くまでもないことなので、史人は黙っていた。

「なんだよ、文句あんのか」

責めてもいない史人に突っかかってくる。だが、険悪な雰囲気になるのは嫌だった。

「ごはん、食べたのか?」

「食った」

「そっか……」

どこで食べたのか、史人には分からない。それもいつもの飲み屋かもしれない。ツケで飲み食いしているらしいが、払う当てはあるのだろうか。何にしろ、彰二が食べるかもしれないと作っておいたチャーハンは、無駄になったらしい。

いつもより早く帰ったはずなのに、ひどく疲れている。首から上が、鉛のように重い。史人は首を擦りながら、チャーハンを冷蔵庫にしまった。明日、彰二が腹を減らすかもしれない。食べない可能性の方が高いけれど。

「俺、寝るから」

寝室の引き戸を開けてベッドに横になろうとすると、彰二がいつのまにか背後にいた。突然身体を引き寄せられる。

「彰二？」

「そんな怒んなよ、パチンコ行っただけだろ」

耳元で囁《ささや》かれ、ぐっと背中を抱かれる。密着すると、彰二の胸板の硬さにどきりとした。

「怒ってないよ」

呆《あき》れてはいるけれど。

「なあ、史人」

耳たぶを軽く噛むようにされて、史人はぶるりと震えた。誘うような甘い声にはアルコール臭が混じっている。

「彰二、俺今日、疲れてる……」

「ん～？」

史人の言い分など全く聞く気がないとでも言いたげに、彰二は史人の身体をベッドに倒すと、腰を押しつけてくる。耳に息を吹きかけ、首筋に軽く歯を立てながら、下着の中に手を入れられた。性急で無遠慮な手に直《じか》に摑《つか》まれ、史人は熱い息を吐いた。

酔った勢いでついでのように触られるのは嫌だ。疲れているし、早く休みたい。なのに、こんな風に強引に触られると、史人の身体は平静ではいられなくなってしまう。

「やる気満々じゃんよ」

からかうように言われて、史人は頰《ほお》を染めた。股間《こかん》を焦《じ》らすように弄《いじ》られては、無反応ではいられない。

彰二に直接触られるのはひどく久しぶりだ。今週も、先週もしなかった。史人が仕事から帰ると、大抵彰二は飲みに出かけていて、史人が寝入ってから帰ってくる。最近では夜中に顔を合わせることはほとんどなかった、それだけの間全く触れられないのだから、少しの刺激で昂《たかぶ》ってしまうのも仕方がない。

「史人……」

頭の芯を溶かすような低い声に、ぞくぞくと皮膚が粟立《あわだ》つ。彰二の匂いが一瞬にして史人を包み、身体の力が抜けてしまう。

史人は眼鏡を外し彰二に向き合うと、自分から首に腕を回して抱きついた。それを合図に彰二が服を脱がせてくる。史人はされるままになりながら、性急な彰二の手に少し安心していた。最近は会話もほとんどなく、二人で出かけることも全くない。その上セックスもないとなると、彰二にとって、自分は本当に必要なのかと、内心では不安に思っていたのだ。

彰二がこうして求めてくれる。すると、さっきまで抱いていた彰二への不満が、一瞬にしてどこかに消えていく。

出会った学生の頃から月日は容赦なく過ぎ、彰二との関係は多少歪《いびつ》になってしまったかもしれない。それでも史人は、彰二が好きだった。身体の厚みも腕の強さも、背の高さも甘い声も、全てが好きだ。

史人は入り込んでくる彰二の舌に必死に自分の舌を絡ませた。

彰二と離れたくない。彰二の側にいて、二人で生きて行けたらそれだけでいい。


ぶるりと身体をふるわせて、史人は肌寒さに目を覚ました。彰二と抱き合ったままほぼ裸で眠り込んでしまったらしい。

ベッドに身体を起こし隣を見下ろすと、彰二の寝顔が窓から入り込む明かりに照らし出されている。彰二の寝顔を見るのは好きだ。無精ひげを生やし、目の下には少しクマが見える

ものの、寝息を吐き出す彰二の顔はひどく穏やかで、大学生の頃と大して変わりがないように思う。この彰二は冷たい顔をしない。史人から逃げないし、苛々していないし、酔ってもいない。

いつまでも眺めていたいが、さすがにむき出しの肌が寒かった。夏用のタオルケットだけではそろそろ風邪を引いてしまいそうだ。史人は眼鏡をかけるとベッドをそろりと出て常夜灯を点《つ》けた。押入れを開け、上段にしまい込んである毛布を引っ張り出そうとしたが、手前にある段ボールが邪魔をしている。何が入っているのかと、史人は何気なく中を覗《のぞ》いてみた。

CD、古い時計、ライター、キャップ。入っていたのは全て彰二の私物だった。その中に黒いカメラが無造作にしまわれている。史人は思わずそれを手に取った。ずっしりとした重みのあるそれは、彰二が愛用していたデジタル一眼レフだ。

学生の頃、彰二は写真を撮るのが趣味だった。今の彰二には考えられないが、常にカメラを持ち歩いていたのだ。そのくせ、写真を趣味だというのは少し恥ずかしいようで、カメラの話をするときは少しぶっきらぼうで、はにかむように口を開いた。

史人は彰二と過ごした学生時代の、たった一年半を忘れられない。彰二は、真面目なだけで目立たず誰の印象にも残らない、地味で大人しい史人を見つけてくれた。人間はあまり撮らないと言いながらカメラを構え、照れくさそうに史人を撮ってくれた彰二が、いまだにはっきりと瞼《まぶた》の裏に蘇《よみがえ》る。

彰二がカメラを持たなくなったのはいつ頃からだっただろう。両親との諍《いさか》いから大学を辞めてすぐ、彰二は一度写真スタジオに就職した。あの時は史人も、できる限りのことをして彰二を応援しようと思っていた。けれど実際は、就職したばかりの史人は仕事を覚えることに必死で、彰二のことに気を配ってやれなかった。向いてないと言って彰二がスタジオを辞めたのは、就職して三ヶ月もたたない頃だ。

それから徐々に、彰二は無気力になっていった。昼間の仕事が続かず、水商売等の夜の仕事をするようになった。どんな仕事をしていてもよかったけれど、史人の知らない彰二の時間や付き合いが増えると、どうしてもすれ違いが多くなる。頻繁に仕事を替えるから、史人には彰二が何をしているのか全く分からない。たまに会っても現金をほとんど持っておらず、訊けば僅かな収入は麻雀やパチンコで使い果たしてしまうと言う。とうとう家賃を何ヶ月も溜《た》め込んでアパートを追い出され、史人の家にやってきた彰二は、学生の頃とは別人のように荒んでいた。

今のだらしない生活が、彰二の為に良くないことは分かりきっている。だが、史人が横から何かを言ったところで、本人が変わろうとしないことには何にもならない。それに、もしも史人が仕事をしないことを責め、彰二がここを出て行ってしまったら？

史人はそれを考えるのが何より怖かった。ただでさえ、彰二は最近、史人の顔すらまっすぐ見てくれなくなった。彰二との間に目に見えない壁があるような気がして、不安でたまらない。もしかして、彰二の心が史人から離れようとしているのではないかと、考えただけでぞっとするのだ。そうなるくらいなら、今の状態を続けた方がマシだと頭のどこかで思っている。

史人は常夜灯の黄色い明かりの下、カメラを構えてみた。史人は写真を全く撮らないから、正しい持ち方もテクニックも何も分からない。

——きらきらしてたんだ、凄《すご》く。

出会って間もない頃、目を輝かせてそう言った彰二の顔が思い浮かぶ。あんな風に活き活きとした彰二を、今も昔もほとんど見ることはない。

——史人にも見せてやるから。一緒に行こうな。

史人は黒いカメラをそっと撫《な》でた。

これを再び持てば、彰二はあの頃のように輝いてくれるだろうか。史人を見つめてくれるだろうか。

もう一度、このカメラを持って目を輝かせる彰二が見たかった。まだ遅すぎることはない。だが、このままでいれば、彰二も史人も、取り返しのつかない場所まで流されてしまうような気がする。

史人はわき上がる唾《つば》をごくりと飲み込んだ。段ボールを元に戻し、再び押入れにしまい込む。カメラはしまわずに、リビングのテーブルの上に置いた。

＊

夕方のテレビ番組は総じてつまらない。食べ物屋のレポートに事件のニュースや政治家の顔、全てがつまらないのを通り越して不愉快だ。だからといって消してしまうと、一気に静寂が襲ってくる。音のない空間は苦手だった。

彰二はテレビのリモコンを放り出して、畳の上にごろんと寝転んだ。テレビとの間にテーブルを挟んだこの場所が、彰二の定位置だ。天井を見ると、壁際にある茶色い染みがいつものように目に入る。どこかの大陸の形をしているようにも、気味の悪い顔の形をしているようにも思える。寝転ぶ度に見ることになるあの地図だか顔だかにもいい加減飽きてしまった。何か違う模様でもできればまだ面白いかもしれないのに。

カーテンを開け放した窓の外はいつのまにか真っ暗だった。いつ日が落ちたのかすら気付かない。時計に目をやると、もう夜の八時を過ぎている。時間が過ぎるのはあっという間だ。

寝転んでいるだけで一時間二時間は瞬《またた》く間だ。時間を確認した途端、腹がぐうと音を立てた。何もしなくても一丁前に何か食わせろと主張する自分の腹が忌々しい。彰二はちっと舌を打った。

寝返りを打った時、玄関でがちゃがちゃと鍵を回す音がした。滞《とどこお》っていた部屋の空気に緊張が走る。いつもより随分早いが、もう帰ってきたのだろうか。

鍵をあけて帰ってきた男が、この部屋に現れるまでの短い時間は、いつにもまして憂鬱だ。今すぐここから逃げ出したいような焦燥、訳の分からない後悔、様々な感情が一気に襲ってきて、彰二はなすすべなく、刑の執行を待つ囚人のように、ただじっとしていることしかできない。

「彰二、いるのか……?」

恋人の不審げな一声が、心に小さな棘《とげ》のように突き刺さる。背中に視線を感じながらも、彰二は振り向くこともせずに、さっき放り出したテレビのリモコンを再び握った。

「いたんだ?」

「いちゃ悪いのかよ」

いない方がいいと言われているようで、気分がささくれ立つ。

史人は一瞬黙ったが、気分を変えるように明るい声を出した。

「晩御飯、うちで食べるだろ?」

そう言ってキッチンに消える足音に、彰二は無意識に身体の力を抜いた。

つい昨日、始めたばかりの仕事を辞めてしまった。むしゃくしゃしてパチンコに行き、史人に金を持ってこさせた。結局つぎ込んだ金は全部パチンコ台に吸い込まれ、今日の彰二には一銭も残ってない。昨日の台から回収することもできず、一日中ふて寝していたのだ。そんな自分を、史人に責められたように感じた。

気詰まりな空気を紛らわすようにテレビのチャンネルを替えたが、内容は少しも頭に入って来なかった。一人でいるときよりも二人になった方が、部屋を静かに感じるというのはどういうわけだ。何も言われていないのに、ここにいることがひどく息苦しい。

重い空気に耐えられずキッチンを覗くと、史人は律儀に買ってきた食材を冷蔵庫にしまい込んでいた。元々痩せた男だが、しゃがんだ姿は更に小さく見える。毎日着ているグレーのスーツがよれて、心なしか貧乏くさい。もう少しいいスーツはないのだろうか。

玄関に向かうと、史人は慌てたように立ち上がった。

「どこ行くんだ」

振り向くと、史人とまともに視線がかち合ってしまった。目を合わせないようにしていたのに、真っ黒い瞳《ひとみ》がじっと彰二を見つめてくる。責めるような、縋るような、不安がる瞳。

彰二は慌てて史人から目を逸《そ》らした。

「ちょっとぶらついてくる」

「お金、あるのか？」

金なんか持っているわけがない。入る当てがないのだから当たり前だ。

黙っていると、目の前に千円札が数枚差し出された。

「ツケてばっかりはダメだ。外で食べるなら、ちゃんと払ってくれ」

これからの行動を見透かしたようなことを言われて、カチンときた。史人の白い手から紙幣を踏んだくりポケットにねじ込むと、黙って部屋を出る。金属のドアが重い音を立て、背後で閉まった。

外廊下には既に外灯が点き、表は暗く空気は少し冷えている。薄着で出かけられる時期ももうすぐ終わりを迎えるだろう。彰二は肩を竦《すく》めるようにしながら急いで五階建ての細長い賃貸マンションを出た。

この町には割合大きな繁華街がある。雑然として華やかさはないが、駅は大きく、デパートや駅ビルが並び、常に人が多い。繁華街の周りには住宅街が広がり、民家が建ち並ぶ中に、新しいマンションが混在していた。

彰二は夜の街を一人歩きながら、ポケットに入れた紙幣を何度も触った。金を出した時の史人の細い指が、瞼の裏に焼き付いている。あんなに骨っぽい指をしていただろうか。まるで老人の手のように枯れて見えた。

一人になると、史人の目を思い出す。彰二をじっと見つめるあの目は、まるで心の底を見抜こうとでもしているようだ。何かを必死に訴えてくるくせに言葉にはしない。沈黙は抗議と一緒だ。文句があるなら言えばいい。諦めたように背中を向ける史人の無言は、苛立ちを加速させる。身勝手なことを言っているのは分かっている。だが、もやもやと鬱屈する感情をどうすることもできない。結局彰二が史人から逃げるように家を出る。最近は、その繰り返しだった。

衣料品の物流倉庫でアルバイトを始めたのは先週の木曜だ。何をやっても仕事の続かない彰二だったが、今回こそはと意気込んで受けた面接だった。

史人のアパートに転がり込んでから二年、生活が以前にもまして自堕落になっていることは、自分でも気付いていた。仕事を始めても、飽きっぽい性格と短気のせいで、すぐに辞めてしまう。何をやってもダメだとなると、いつしか自分に期待をしなくなる。どうせ続かないと諦め、最近では仕事を探すことすらしていなかった。

だが、数ヶ月に一度、このままではダメだと危機感を覚えることがある。何かやってみようと思える時がある。先週がその時だったのだ。気が向いて受けた面接は、倉庫で働くのに関係ない年齢や外見について、ねちねちと嫌味を言われながらも一発で通った。人が足りていないのだと言う。一緒に働く人間の中には日雇いや住所不定、外国人、主婦、様々な労働者が混じっていた。仕事はいわゆるピッキングで、データ表を片手に二人一組で商品を集めて出荷するのだ。

彰二を面接した男は現場の主任だった。主婦や気の弱そうな学生には小さな失敗を大きな声でいちいち怒鳴るが、彰二のような図体のでかい男には陰湿な嫌味を繰り返す。

一昨日《おととい》、彰二のパートナーは二回りくらい年上の中年男だった。やることはとろいし声は小さいし、彰二はあからさまに苛々していた。案の定、すぐに伝票と数字が合わなくなった。彰二に言わせれば、悪いのはパートナーのおっさんだ。一個と言うところを必ず二個持ってくるような男が、間違わないわけはない。主任はここぞとばかりに彰二に嫌味を言った。「ぼんやりしているからこういうことになるんだよ。いい歳《とし》して定職についてないっていうのはそういうところに原因があるんじゃないの。大体君ねえ、その頭と髭、僕は面接のときに何とかしてくれって言ったよね？　初めからやる気あったの？　いくら倉庫と言っても清潔感が大事なんだからね。身なりをきちんとできない人間は何をやっても信用されないよ。ずっと気になってたんだけど、その茶色い頭、見ているだけで不愉快だよ」

黙って聞いていたのはそこまでだった。被《かぶ》っていた作業帽を突然脱ぎ捨てた彰二に、額がてかてかに光った主任は、普段から赤い顔を更に真っ赤にして、細い目をまん丸く見開いた。

「不愉快なヤローは帰りますわ」

怒鳴って殴らなかっただけ感謝しろと言いたい。

だからと言ってすぐに辞めようと思っていたわけじゃない。昨日だって昼までは仕事に出るつもりだったのだ。だが、出かける時間になると急に億劫《おっくう》になった。どうしても支度をするのが面倒になり、床に寝転がってしまうとやる気はますます遠ざかっていく。気がつけば仕事開始の時間はとうに過ぎ、主任から電話がかかって来た。前日と打って変わった猫なで声で、具合でも悪いのかと尋ねてくるので、「二度とかけてくんなっ！」と怒鳴って電話を切った。

もう主任の声を聞かなくていいと思うと、突然解放感のようなものが身の内に駆け抜けた。自分が誰よりも自由になれた気がしたし、今ならどんな仕事でもできる気がした。探せば仕事はどこにでも転がっていて、自分にはやり通せる力があるような、根拠のない自信が湧《わ》き上がった。

だが、そんな万能感はほんの一瞬で通り過ぎる。現実はあっという間に迫ってきた。彰二の前には、何をやっても続かない、短気で怠惰《たいだ》な自分がごろんと転がっているだけだ。むしゃくしゃしてパチンコに行ったものの、更に苛立ちを増大させる結果に終わったというわけだ。

今度こそと思ったが、やはりダメだった。虚しさと諦めの気持ちは、史人の存在で更に膨れ上がる。史人と一緒にいると、ろくでもない自分自身を目の前に突き付けられる気がするのだ。今の彰二は完全に史人のヒモ状態だ。こんな自分を情けないと思っても、現状を変える気力がない。なのに、史人はそんな彰二を責めないどころか、出かけると言えば小遣いまで渡してくる。大抵はパチンコ代か飲み代に消えていくと分かっているにも拘《かか》わらずだ。

史人が自分に惚《ほ》れぬいているのは知っていた。だが、そう思えば思うほど、彰二の心は重くなる。

この息苦しい場所から一刻も早く遠ざかるべく、彰二はマンションが見えなくなるまで早足で歩いた。向かったのはいつもの飲み屋だ。本当はどこだっていいのだが、他に行く場所がなかった。数千円ではパチンコに行っても虚《むな》しいだけだし、それならまだ、飲ませてくれる店の方がマシだ。

いつも通る歩行者用の橋に差しかかると、一人の男がカメラを構えていた。橋は狭く小さく、下に流れるどぶ川は、夜に見れば真っ暗な沼のようだ。隣を走る道路にはたくさんの車が行き交っている。連なるブレーキランプの両側には、飲食店やレンタカー、カラオケ店の看板が並んでいた。目を細めると、光だけの集合体のようにも見える。カメラはその集合体に向けられているように思えた。

彰二は、ひしめく明かりと、男が構えているカメラに目をやった。レンズを覗き込む見知らぬ男の姿に、苦々しい思いが湧き上がる。古い傷が痛むようなやりきれなさがじわりと疼《うず》き、彰二は目を逸らした。男の背後を通り抜けながら、ポケットに突っ込んだ紙幣を握り締めた。

家に戻ったのは深夜を随分過ぎた時間だった。史人に渡された金は全て飲み屋に差し出したが、ツケている額はそんなものでは到底間に合わない。当然、店主は彰二にいい顔をしなかった。

玄関には小さな明かりがついていたが、史人はベッドで眠っているようだった。冷蔵庫を開けて中を物色する。炭酸ジュースを呷《あお》ると、くさくさしていた気分がほんの少しだけ押し流されていくような気がした。

冷蔵庫の前には手のひらサイズのカレンダーが貼ってある。何げなく見ていると、今日の日付の横に小さな丸印がついているのに気付いた。大して気に溜めず、シャワーに向かった。

昨日切れかけていたシャンプーは新しいものに交換されている。

史人は几帳面《きちょうめん》な奴だ。買い置きは欠かさないし、何でも前々から準備する。約束事も忘れたことがなかった。その時ふと、カレンダーの丸印が頭に浮かんだ。黒いボールペンでさりげなくマークしてあった、今日という日。

彰二はようやく思い当たった。身体を拭くのもそこそこにシャワーから出ると、冷蔵庫をもう一度開ける。中には食材が詰まっていた。特に煌《きら》びやかなものは見えないが、いつもより少しだけ豪勢な気がする。

――今日、一緒にごはん食べるだろ？

出かける前機嫌の悪かった彰二に、史人は明るく装いながら聞いてきた。仕事を早く片付け、少し手の込んだ料理でも作るつもりだったのかもしれない。何故なら十月下旬の今日、いや、十二時を過ぎたのだから昨日になってしまったが、その日は史人の誕生日だった。

彰二は綺麗《きれい》に片付いたキッチンとリビングを見回した。寝室を開けると、史人はぐっすり眠っていた。疲れ切っているのか、彰二がたてる物音にぴくりとも反応しない。深い寝息を聞いていると、ふと史人の痩せた指が思い出された。

何故何も言わなかったのだろう。出て行く彰二を不安と諦めの混じった目で見つめていた。あの時言ってくれれば出かけたりしなかったし、飲んで帰ったりもしなかった。

去年のこの日はどうしただろうと考えても思い出せない。何もしてやってないからだ。もしかして去年も、史人はこうしていつもより少し贅沢《ぜいたく》な食卓の準備をしていたのだろうか。

彰二はそっと寝室の引き戸を閉めると、濡《ぬ》れた髪もろくに拭かず、家を飛び出した。

深夜を過ぎて、住宅街は静かに眠っている。駅周りに出ても、開いているのはコンビニと飲み屋くらいだ。第一、彰二は金を持っていなかった。ろくでもない誕生日にしてしまったことが不憫《ふびん》で思わず出てきてしまったが、今の彰二に何をしてやれるだろう。一緒にいてやることもできず、何かを買ってやることもできない。

急激に情けなさが襲ってくる。カレンダーの印など気付かなければよかった。史人があんな印を書き込むから、こんなことになった。はっきり言いもしないのに、中途半端な信号など送らなければいいのだ。

イライラした。何もかもにだ。

家に帰る気にもならず、夜の街を歩いていると、背後から声をかけられた。

「あれ、彰二？　帰ったんじゃなかったの？　もしかしてとうとう追い出されちゃった？」

立っていたのは、さっきまで飲み屋で顔を合わせていたハルだ。茶色い髪の毛をふわふわさせた高校生みたいな童顔に、にやにやと意地の悪い笑みを浮かべるこの男は、行きつけの飲み屋の常連だった。知り合ってから数年になるが、ハルという名前の他には、性格と口が悪いということ以外、ほとんど知らない。たぶん彰二と同年代の筈だが、見た目の若さを考えると年齢不詳だ。隣には見慣れない若い男を連れていた。

「マスターがぼやいてたよ、彰二のツケ、たまってるってさ」

「……っるっせえな」

「ねえ、少しは真面目にしないとさ、恋人に捨てられちゃうよ。彰二に尽くしてくれてる物好きな人、そんないないと思うよ」

ムカつく言い草だ。だが、実際彰二は史人に見捨てられないのが不思議なくらいの現状だ。ハルの言うことは核心を突いている。

付き合いが長い上に交友関係の広いハルは、彰二に一緒に暮らしている恋人がいることを何故か知っていた。詳しく話したこともないのに大抵のことを知っているハルの情報網は侮《あなど》れない。

「追い出されたならうちに泊めてやってもいいよ。ヤらないけどね」

「うるせえ、誰がおまえとなんかヤるか。追い出されてもねーよ」

「ふうん、まだ嫌われてないんだ？」

そうだとはっきり答えられず、彰二は黙り込むしかなかった。これ以上ハルと話していても腹が立つだけだ。一旦《いったん》立ち去りかけたが、ふと頭に控えめなカレンダーの丸印が浮かんだ。

彰二はハルを振り返った。

「おい、金貸して」

「はぁ？　やだよ」

即答するハルに、「だよな」と答えて肩を竦《すく》める。

「冗談だ、忘れろ」

「大体さあ、人にもの頼むのに、何その態度」

「だから、もういいって」

「ワンコインくらいなら恵んでやってもいいよ、ちゃんと頼めばね」

人をバカにした態度に、彰二はふんと鼻を鳴らした。彰二のいい加減さは、嫌になるほど知られている。冷静になれば、ハルが金を貸してくれるわけがなかった。全く、バカなことを口走ったものだ。

だが、カレンダーの丸印は頭から消えてくれない。毎日同じスーツで会社に通い、疲れ切っている史人の寝顔が、頭から消えない。

彰二は足を止め、再びくるっと振り返った。

「やっぱり、くれ」

ハルはさすがに驚いた顔をしたが、何の気まぐれか、コインをひょいと投げてよこした。咄嗟《とっさ》に受け取ったのは五百円玉が一枚。本当にワンコインだった。


彰二は暗い部屋で、コンビニのビニール袋を覗き込んだ。本当なら、中にはベージュ色のクリームが渦状に盛られたケーキが二つ、行儀よく並んでいる筈だった。だが今、透明なケースの中ではクリームと上に載っていた栗があちこち飛び跳ね、無残に潰《つぶ》れている。

結局、ハルに貰《もら》った五百円で、彰二はコンビニのケーキを買ったのだ。ありきたりだし、誕生日に買ってやるには冴《さ》えないが、深夜に五百円で買える場所と言えばコンビニしかなかった。それも、残っていたのは地味な茶色のケーキだけだ。だが、これが今の彰二にできる精一杯だった。

仕方なくそれを買い、家に帰る途中で災難に見舞われた。路地を曲がって来た無灯火の自転車と衝突しそうになったのだ。咄嗟に避けたが、持っていたレジ袋がぶつかり、道路に落ちてしまった。「てめえっ」と激しく怒鳴った彰二から逃げるように、自転車に乗った若い男は走り去って行った。追いかけて首根っこを捕まえてやりたい気持ちだったが、幾らなんでも自転車には追い付けない。仕方なく拾い上げたコンビニの袋の中を見ると、ケーキは案の定ひっくり返っていて、原型を留《とど》めていなかった。

持ち帰ってはみたものの、潰れたケーキを見ていると、ひどい後悔が襲ってくる。もとより、コンビニのケーキなんて、ちゃちでみっともない。こんなものを渡すくらいなら、金を借りてでももう少し見栄えのいいものをプレゼントした方が数倍マシだった。しかも、格好悪さに目をつぶり、なんとか買ってきたものもこの有様だ。潰れたケーキなどゴミと一緒だ。何の価値もない。

少しでも見た目のいいものをとコンビニでケーキを選んだ時間や、投げつけられた五百円、「大体君ねえ、いい歳して……」と嫌みったらしくねちねちと続けられた、もう辞めてやったバイト先の主任の声が時間を遡《さかのぼ》るようにして次々と脳裏を過《よぎ》る。考えたくない様々なことが一気に頭の中を埋め尽くし、彰二は急激に投げやりな気分になった。

もうどうでもいい。

どうせ何もかもうまく行かない。

この気分の波は、頻繁に彰二を襲ってきた。行くと決めていた仕事をすっぽかす時も、史人から逃げてパチンコに行く時もそうだ。何もかもどうでもよくなって、頭の中の言葉を全て曖昧《あいまい》で薄ぼんやりとした膜のようなもので覆ってしまう。すると、必死になるのが馬鹿馬鹿しいことのように感じられる。そんな馬鹿げたことをする必要はない。自分は何も悪くない。

そのとき、寝室の引き戸がすっと開いた。彰二は咄嗟にコンビニ袋を背後に隠した

「彰二……？　帰ったのか？」

史人が目を擦《こす》りながら顔を出す。

「彰二？　どうした？」

立ち尽くしたまま動かない彰二を不審に思ったのか、史人が心配げに近づいてくる。彰二は思わず逃げるように後ずさってしまった。

「なんでもねえって、寝ろよ、ほっとけっ！」

考える間もなく、ひどい言葉が口をついて出る。史人が恨めしそうに見ているのがわかるのに、出した言葉を取り繕《つくろ》う余裕もない。

「……じゃあ、寝るから」

再び寝室に戻る史人を見て、ほっと肩から力が抜けた。背中に隠したものを、キッチンのゴミ箱に投げ捨てる。これで、今日必死になってしまったことは全部なかったことにできる。

そう考えた時、ひどく惨《みじ》めな気分になった。たかがケーキを渡せずに拗《す》ねているなんてあまりに情けない。自分に対する嫌悪感でどうにかなりそうだ。

こんな時、いつもなら投げやりな波は、頭の中にあるものをぼかして曖昧にする。考えた

くないことも、憂鬱な気分も自己嫌悪も、全てを遠くに追いやってくれる。

だが今日は、鬱々とした気分がなかなか去っていかない。逃げ方がわからなくなると、彰二は途端に迷子になった子供のように不安になる。行き先も、戻る道も見失い、何もない空間に一人で取り残されたような気持ちになって、ここにいることが無性に恐ろしくなる。

彰二は閉じられた寝室に目をやった。永遠に開かない鉄の扉が付いてでもいるように、彰二はあの中に入ることができない。

何故こんな惨めな気持ちを味わわなければならないのだろう。

史人の誕生日のせいだ。おめでとうと言うことすらできない誕生日なんか、来なければよかったのだ。

＊

テーブルの上に旅行会社のパンフレットと、有名企業の広告を出して、史人は彰二に面接の話を切り出した。

「なんだよ、いきなり」

彰二は面倒くさそうに首を傾《かし》げている。無気力な反応は、ある程度予想していた。史人は正座した足にぐっと力を入れ、彰二を正面から見つめた。

「いきなりじゃない、ずっと考えてた。こういう広告とか雑誌を中心に仕事してるフリーカメラマンで、今ちょうどアシスタントを募集してる人がいる。やる気のある奴なら雇うって言ってくれてるらしいんだ」

いつもとは違う史人の気合に、さすがに彰二も気付いたらしい。少しだけ顔色を変えた。

「……おまえ、なんでそんなコネ持ってるんだよ」

「知り合いの人、片っ端から当たったんだ」

史人は外食チェーンで働く、一介のしがない営業だ。カメラマンにコネなど持ってないから、学生時代の知り合いや、知り合いの知り合い、以前少しだけ付き合いのあった取引先等、あらゆる伝手《つて》を辿《たど》った。元々友人も少なく口下手な史人だ。正直ほとんど話したことがないような相手もいて迷惑がられたが、背に腹は代えられない。ほとんどゼロの状態から、きっかけの細い糸を無理矢理ほじくりだし、力ずくで引き抜いたようなものだ。

史人は、これが彰二にとって最後のチャンスだと思っていた。彰二はまだ、カメラに未練を持っているはずだ。彰二から聞いたわけではないけれど、史人は信じていた。好きな仕事ならば、頑張れるかもしれない。彰二が変わるためには、これしかない。

彰二は居心地が悪そうに視線を巡らせた。

「……アシスタントっておまえ、俺二十六だぞ。普通そういうのって、もっと若いのがやるんじゃないのか」

「年齢は関係ないって言ってくれてる」

「向こうに関係なくても俺にはあるだろ」

「あるのか？　何が？　雑用やるのが嫌？　人の言うとおりにするのがいや？　こき使われるのがいや？」

彰二はムッとしたように黙った。睨《にら》まれても、史人は怯《ひる》まなかった。

「どんな仕事したって、彰二が今から働くなら、下っ端しかないと思う」

「……」

「けど、カメラの仕事なら頑張れるんじゃないか？　前みたいにスタジオで働くのと個人につくのとでは随分仕事内容も違うっていうし、カメラマンの人がどういう人かは分からないけど、会ってみれば意外にやれるかもしれない。俺は、彰二は他のことは続かなくても、カメラに携わる仕事なら、踏ん張れると思う」

史人は真剣だった。どうにかして、彰二にもう一度やる気になって欲しかった。

「……でもあれだろ、どうせ、続かない……」

「やってみなけりゃわからないだろ」

確かに続かないかもしれない。けれど何もしないうちに諦めて欲しくない。これは史人の賭《か》けだった。彰二が頷《うなず》くまでこの話をやめるつもりはなかったし、逃がすつもりもなかった。

沈黙が流れた。

やがて、彰二が史人から視線を逸らしたまま、ぽりっと口唇の端を掻いた。

「まあ……あれだな。面接、だけなら」

「ほんとにっ？」

思わず大声を出して、飛び上がらんばかりに喜んでしまった。

史人の反応に、彰二はさすがにばつの悪そうな顔をした。

「大袈裟《おおげさ》だな、まだ決まったわけでもねえのに」

確かに結果はまだ分からないが、彰二がやると言ってくれたことが嬉しかった。これは小さな前進だ。一歩前へ進むことが、今の状況をきっと変えてくれる。

「それじゃあまず、その顔。髭を剃って、髪の毛切らないと」

「……めんどくせー、そんなのいいだろ」

「よくないよ、それにスーツ。持ってる？」

「しらねー。どっかやったわ」

「じゃあ買いに行こう？　今度の俺の休みに、一緒に」

彰二はあまり乗り気なようには見えず、どちらかといえば戸惑っているように見えた。だが史人は浮かれた。少しばかりだが貯《た》めている貯金を下ろして、彰二のスーツを買おう。彰二は元々背が高くて見栄えがいい。きっちり身なりを整えれば、多少なりとも立派に見えるはずだ。贅沢できる余裕はないけれど、外側だけでも整えてやりたかった。本人を置いて史人一人が盛り上がっていることは知っている。それでも、これから先にはきっといいことが待っている気がして、史人は喜ばずにはいられなかった。

腕時計を何度も確認しながら、史人は駅からの帰り道を急いでいた。休日の今日、彰二とスーツを買いに行く約束をしていたのに、突然会社から呼び出しが掛かってしまったのだ。彰二が大人しく待っているだろうかと気にかけながらも仕事を終え、何とか家に帰りついた時は午後四時を回っていた。

だが、悪い予感は当たっていた。家に人の気配はなく、史人は仕方なく彰二が帰ってくるのを待った。一時間経っても二時間経っても彰二は戻らず、携帯に電話をかけても一向に出ない。ようやく玄関ドアが開いた時、辺りは既に暗くなっていた。さすがに待ちくたびれ、史人は不機嫌に玄関に立った。

「彰二、どこ行ってたんだ？」

責める自分の声に被《かぶ》さるように、聞きなれない音が聞こえた。甲高く細い、動物の鳴き声のようなもの。見ると、彰二は腕の中に、小さな毛玉を抱えている。それがごそりと動いたのを見て、史人は唖然《あぜん》とした。

「落ちてたんだよな」

みゃーみゃーと、か細い声で鳴き続けている小さな頭、ぬいぐるみのような手足、ビー玉のようにまん丸い目。

「猫……」

子猫だ。それも一匹じゃない。三匹いた。

「よろよろしてたんだ、道で。ひでえよなあ、捨てたんだぜ、誰かが」

体長十五センチくらいだろうか。生まれてまだほとんど日が経ってないような小ささだ。鳴き声は胸が押し潰されそうになるほどにいたいけで弱々しい。史人は思わず手を差し出して、彰二の腕から落ちそうになっている一匹を受け取った。

「小さ……」

「ちーさいよな……」

手の中に囲った小さな毛玉は温かく、一丁前に爪《つめ》が当たって掌《てのひら》が少し痛い。両手に収まるほどのものが、ここにしっかりと生きている。史人は自然と笑顔になった。頬を近づけて、その小さな鼻の頭に触れてみる。子猫がみゅ～と嫌そうに鳴いた。

手の中で蠢《うごめ》くいたいけなものに一瞬夢中になったが、すぐに冷静になった。こんなものを、これからどうするつもりだろう。彰二は腕に抱えた子猫を床に下ろして、指先でつついている。

「彰二、ここはペット飼えないよ」

「そうなのか？」

彰二は驚きもせず、軽く答えた。

「だからさ、ここじゃ飼えないんだよ」

「ばれなきゃいいんじゃねーの？」

「ばれるよ、っていうか、そもそもばれるばれないじゃなくて、ルールはルールだし」

「おまえってほんと、そういうとこ融通利かないよな」

「な～？」と猫に話しかけながら、彰二は子猫たちをリビングに連れていく。

「……そういう問題じゃないから」

突然生き物を連れ帰ってきておいて、融通が利かないなんて言われたくない。理不尽な気持ちが募りつつも、背後ではか細い声がみゃーみゃー鳴き続けている。振り返ると、彰二は楽しげに子猫と戯《たわむ》れていた。

釈然としないが、史人がどう考えたところで、子猫は生きて目の前にいる。連れ帰って家に入れたからには、何よりもまず、あの子猫たちをどうにかしなければならない。

史人は自分に言い聞かせるようにして、飼えない子猫たちの今後に考えを巡らせた。まずは管理人に見つからないように病院に連れていくこと。それから引き取り手を探すこと。何か食べさせた方がいいのだろうか。やはりミルクだろうか。

「名前つけようかな。何がいいだろうな?」

子猫に話しかける彰二の声を聞きながら、史人は何度目かのため息をついた。

彰二は、今日の約束のことを忘れてしまったらしい。結局史人も、スーツがどうのというより、彰二と二人で出かけられることを楽しみにしていたのだと、予定が潰れてからようやく気付いた。

＊

しゃかしゃかと音を立てながらフローリングの上をよちよち歩き、テレビ台に身体をすり付ける。何かに興味を引かれたのか、しっぽをぴんとはね上げ、走り出したかと思うと突然止まり、こちらを振り向いた。

子猫とはいくら眺めても飽きないものだ。奇妙な動きの一つ一つにも、何か意味があるのだろうか。

平日の午後、彰二は床に寝そべって、三匹の猫がおもちゃのように動き回るのをぼんやりと眺めていた。

一週間前、道端に転がっていた子猫三匹を放っておけず、連れ帰ってきた。グレーと黒の縞《しま》が二匹、もう一匹は少し茶色がかった縞模様だ。その日のうちに、史人がケージや猫用のトイレ、砂等、必要なものを用意した。病院にも連れて行き、健康状態まで把握した。そんなことまでするとは思いもよらなかった彰二は、ただミルクをあげてみただけだ。

彰二は一匹を手に取り腹の上に乗せ、指の先で小さな頭を撫でてみた。柔らかくて、温かい。首をちょいと傾げ、大きな目で彰二を見つめている。

こうしていると、幼い頃、動物を飼いたくて仕方がなかったことを思い出す。彰二の実家は厳しかった。厳格な父に、常に従うだけの大人しい母、優秀な兄。勉強の嫌いな彰二は兄のようにできず、家族から一人、落ちこぼれた。成績の悪い弟が何を言おうと父親は取り合ってくれず、猫や犬を飼いたいだなどと気軽に言える雰囲気ではなかったのだ。

「この歳になって、子供の頃の夢が叶《かな》うなんてな」

彰二は自嘲《じちょう》気味に笑った。

『貰ってくれる人、とりあえず一人見つかったから』

朝、史人が仕事に行く前にそう言っていた。ここでは飼えないと言う史人は、子猫たちを病院に連れて行ったあと、すぐに引き取り手を探し始めてしまったのだ。

「どいつが行くんだろうなー」

腹の上に乗せた一匹の首筋をちょんちょんと指先で突《つつ》きながら呟《つぶや》く。

「ばらばらにしたら寂しいじゃんか。なあ？」

話しかけてみるが、子猫はみいみい鳴くだけだ。

この調子できっと、後二匹にも貰い手がつくのだろう。ミルクをあげてグッズを買って病院まで連れて行ったのに、そこまでしてから手放すなんて、どうにも納得がいかない。

「なあ、みぃ」

みぃみぃ鳴くからみぃである。情が湧《わ》くから名前はつけない方がいいと史人は言うのだが、彰二が勝手に呼んでいる。ちなみに三匹とも全部みぃだ。

彰二は携帯をとると、腹の上のみぃにカメラを向けた。ぱしゃりと一枚撮ってみたが、あまり綺麗に撮れなかった。何枚か続けて撮ったが、ライトも構図も表情も全然ダメだ。納得がいかず、みぃを床に下ろし、カーテンを開け、窓辺の自然光で寝そべって撮ってみる。さっきよりはマシになったが、やはり気に入らなかった。

彰二はテレビの横にちらりと目をやった。そこにあるのは、彰二が昔使っていたカメラだ。

随分長いこと触ってないが、数日前から、置いてある。

この部屋に転がり込んだ二年前、荷物はほとんどなかったけれど、カメラだけは一緒に持ってきてしまった。何年も使わないくせに、手放すことはできなかったのだ。きっと史人が出したのだろう。何のつもりか知らないが、視界に入ればどうしても気になってしまう。彰二はそろそろと這《は》っていくと、久しぶりにカメラに触れた。

ずっしりとした重みを手に感じた瞬間、不意に身体の奥が、ちりちりと熱くなるような感覚があった。長い間触ってなかったのに、まるでつい昨日まで触っていたみたいに手に馴染《なじ》む。

彰二は様子を窺うように二匹の元へ戻って行く子猫に向けて、カメラを構えた。電池が切れているのでもちろん動かない。

大学に入ってすぐ、アルバイトをして買った一眼レフだ。当時の彰二にとっては高価な買い物で、買ったばかりの頃は嬉しくて、どこへ行くにもこっそりと持ち歩いていた。こっそりというのは、カメラが趣味だと人に知られるのが、何となく恥ずかしかったからだ。

史人に会ったのも、その頃だった。写真を撮る時は人に見られないように気をつけていたのに、カメラを手に入れたことに浮かれて、気が緩んでいたのだろう。史人に撮影しているところを見られたのだ。彰二は仕方なく、写真を撮るのが好きだと打ち明けた。

これが押入れにしまわれたままなのは知っていた。だが、彰二はこのカメラを、頑《かたく》なに視界から遠ざけていた。見るのが怖いような感覚をずっと持ち続けていたのに、実際カメラを手にするのはこんなにも容易《たやす》い。むしろ、何故こんなにも長い間、怖がっていたのかが分からなかった。

彰二はしばらくぼんやりと、動き回る三匹のみぃを眺めていた。窓の外は柔らかな日が降り注ぎ、一日はまだこれからだと言わんばかりだ。

手が、胸の奥が、ムズムズしている。カメラを握った瞬間からずっとだ。

今すぐにでも写真を撮りたい。まずはバッテリー交換をして、充電する必要がある。そう思ったらいてもたってもいられなくなった。彰二は子猫をケージに入れて鍵をかけると、カメラを片手に外に飛び出した。


少し短くなった襟足《えりあし》がすうすうと肌寒い。ぶるりと背中が震えるのは、項が冷えるからか、気が張っているからか。久しく味わっていないこの緊張感に、彰二はさっきから何度も深呼吸を繰り返していた。

髪を切ったのはハルだ。本当かどうか分からないが、昔美容師をやっていたと聞いたのを思い出したのだ。いつもの飲み屋に来ていたハルに頼むと、ハルは意外にもあっさり引き受けてくれた。「その髪、汚いってずっと思ってたんだ」と、余計なひと言を付け加えるのは忘れなかったが。

髪の毛を整え、無精髭を剃って家に帰った時の史人の反応を思い出すと、いまだに照れくさい。史人は大袈裟に顔を赤くし、震えんばかりに喜んだ。まだ職が決まった訳でもないのに、少しさっぱりしたくらいであんなに喜ぶなんて単純な奴だ。

史人が持ってきた仕事の話に乗り気じゃなかったのは、自分に自信がなかったからだ。どうせダメになる。きっと続かない。そう思う日々が長すぎて、自分に全く期待をしなくなっていた。しかも、カメラに携わる仕事なら尚更《なおさら》二の足を踏む。ここでまた失敗すれば、彰二は二度と立ち直れないかもしれない。

だが、数年ぶりにカメラを手にした時、目の前に、スッと光が射した気がした。もう一度やれるんじゃないか。自分には無理だと諦めていたけれど、もしかして必死に手を伸ばせば、届くんじゃないだろうか。

結局、面接用のスーツは買えなかったので、彰二は普段着だ。ただ、持っている中で一番シンプルで無難なものを史人が選んだ。髪と髭を整えたさっぱりとした見た目で、彰二はスタジオと書かれたドアの前で、最後の深呼吸をした。

ドアを開けた瞬間、真っ白いホリゾントが目に飛び込んだ。真ん中に立っているのはカジュアルな服装をした女性モデルだ。むき出しのコンクリートに囲まれた殺風景なスタジオの中、中年の男性カメラマンがモデルに何事かを話しかけながら、三脚に立てたカメラを覗き込んでいた。日に焼けた横顔にはいくつもの皺《しわ》が刻まれ、聞いていた年齢よりも老けて見える。

彰二はごくりと息を飲んだ。張りつめた現場の空気に皮膚がざわりと総毛立つ。シャッター音にゾクゾクする。大学を辞めたあと、数ヶ月間スタジオで働いたことがあるので、この雰囲気は経験している。だが、あの時と今とでは何かが違う気がした。証拠に、彰二はスタジオの雰囲気に怖気《おじけ》づいている。だが、ここにいたい。シャッターの音を聞いていたかった。

カメラマンの名前は梶原《かじわら》だと聞いていた。スタジオで働いたとは言ってもすぐに辞めてしまった彰二は、個人についた経験はない。アシスタントを足蹴《あしげ》にするタイプの昔ながらのカメラマンを想像し、時間だけはきっちり守ろうと気合を入れてきたが、いつ声を掛けていいものか分からない。

仕方なく入り口に立ち尽くしていると、ふとカメラマンがこちらを振り向いた。目が合ったので、今だとばかりに駆け寄った。

「すみません、俺っ」

「おい君、ちょっと隣の倉庫から脚立持ってきてくれ」

「え」

「急いでくれ」

「あ、はい」

顔見せもそこそこに用事を頼まれてしまったが、初めて来たのだから倉庫も何も分かるわけがない。仕方なく近くにいたスタッフらしき人に場所を聞き、何とか目当てのものを持ってきた。

「遅いよ君」

雇ってもらってもいないのに用事を言いつけられた上、文句を言われた。むっとした彰二を、梶原は気にした様子もない。

「画像処理できる？」

「え？　まあちょっとなら」

「じゃあちょっと、そっちで教えてもらって」

言われるままノートPCの前に座らせられ、スタッフに簡単に説明されて、スタジオ時代に少しだけ齧《かじ》った程度の画像処理をすることになってしまった。しかも作業はそれだけで終わらず、何が何だか分からないまま、撮影が終わるまでみっちり雑用を言い付けられた。

撮影が終わり、スタジオの隅でスタッフに紛れてぼんやりしていると、缶コーヒーを差し出してくれる人がいた。梶原だ。

「今日は助かった。スタッフが突然休んでさ、人手が足りなかったんだ」

「あ、はい」

「矢井田君ね」

しらっとした顔で名前を呼ばれた。面接に来たことは承知の上だったらしい。扱《こ》き使いやがって、と内心で悪態をつく。

「明日は朝七時。来れる？」

梶原は唐突に言った。

「え、じゃあ」

「来れるかどうかだ」

「来れます、来ます！」

「じゃあ決まりだ。とりあえず一ヶ月続けられるかどうか見させてもらう」

「あの、いいんですか、俺」

「俺はこれまでの君のことには興味がないよ。とにかく、決まった時間に来れるかどうか、ここぞって時に踏ん張れるかどうかだ。雑用ばかりだし、きついよ」

「はい、大丈夫です！」

彰二は声を張り上げた。面接も何もあったもんじゃないが、とにかく雇ってもらえるらしい。追い立てられるように作業をさせられてさっきまで不満に思っていたはずなのに、自分でも不思議なほど素直に返事をしていた。

子供の頃から写真を撮るのが好きだった。できすぎた兄に比べて勉強もできず飽き性で、学校にも友人にも興味を持てなかった彰二が、唯一好きだったのがカメラだ。他には夢中になれることもなく、ただ大好きなカメラで写しとる世界だけが、彰二の心を自由にした。

彰二は幼い頃から常に、家族の中で疎外感を味わっていた。中学までは無理をして優秀な兄と同じ学校に入ったが、当然勉強にはついていけなかった。成績の悪い彰二を、父親はよく努力が足りないと怒鳴った。確かにその通りだ。彰二は努力なんかまったくしなかった。自分は兄とは出来が違う。同じことはできないと、はなから諦めていた。

高校受験では父親に言われるまま受けた私立に見事に落ち、公立高校に入った。高校生になると、彰二はますます不真面目で怠惰になった。学校はつまらなかったし、授業も退屈で、友人らしい仲間はできたが、それも上辺《うわべ》の付き合いだった。本心を見せられる友人はできず、仲間の言うこともどこまで本気か分からない。ただ、くだらないことを言って適当に笑うだけの毎日。彼女は何人もできたが、恋愛にも本気にはなれなかった。大学は行かなくてもいいと思っていたのに、それなら何をするのかと問われても答えなど持っていない。結局親に言われるまま幾つか受験し、誰でも入れると評判の学校に受かった。そして、三年生の時に辞めてしまった。

何故辞めたのか、今考えるとよく分からない。直接的な理由は、親と喧嘩したからだ。やる気がなく授業を休んでばかりいたから、単位もほとんど取れず、就活の時期になっても、

彰二には自分の考えがまるでなかった。ただ自分が、あの誰もが着る黒いスーツの集団に混じっている姿を少しも想像できなかった

まさか自分が？

まさかあいつらと同じように？

考えてみれば彰二はいつもそうだ。隣の奴と同じことをしている自分が想像できない。自分のしたいことがあるのかと思えば、それもよく分からない。蹲《うずくま》っているうちに、隣の奴はどんどん先へ行っている。彰二はただ突っ立っているだけだ。

何もしないでいるうちに、時間はどんどん過ぎた。両親に将来のことや生活態度をとがめられ、このままなら仕送りを止める、学費も出さないと言われた。

その時、これ幸いと思った気がする。これで就活をしなくて済む。あの黒いスーツを着なくて済む。

全く救いようがない。

そんな彰二が史人に出会ったのは、十九の時だ。

そして二十六の今、やはり史人は目の前にいる。

「一ヶ月、試用期間だって」

面接が終わった日の夜、仕事から帰ってきた史人にそう告げた。史人は眼鏡の奥の小さな目をまん丸に見開いた。

「え……それって」

彰二は一つ頷いた。途端、史人の目尻にうっすらと涙が浮かび、見る間に膨れ上がった。

「……よかった……」

白い頬をほんのりピンク色に染めながら、史人は嬉しそうに微笑《ほほえ》む。見ていると途端に照れくさくなって、彰二は不自然に顔を逸らした。史人がこんな風に笑うのを、ひどく久しぶりに見た。

不思議だった。史人の笑顔を見ただけで、心にずっと蟠《わだかま》って沈殿していた澱《おり》のようなものが、すぅっと綺麗になくなって、透明になっていくような気がする。

嬉しそうに頬を上気させる史人に、彰二はもう一度そろりと目をやった。

飽きるほど見ている筈の史人の顔を、綺麗だと思った。史人はどこも変わっていない。なのに、何故そんな風に思うのだろう。ただ、史人は笑っている方がいい。疲れきって沈んだ不安げな顔よりも、笑った方が数倍よかった。


橋の上から駅方面にレンズを向けると、ファインダーの中に色とりどりの光が飛び込んできた。駅まで続く車のライト、道路わきに立ち並ぶ店やビルの明かり、飲み屋の看板、外灯。

レンズを少し横に動かせば公園のライトアップ、上にずらせば遠くの鉄塔の明かりが点滅するのが目に入る。

彰二はいつか見知らぬ男がカメラを構えていた場所に立ち、光の溢《あふ》れる夜の街に向けて次次とシャッターを押した。こうしていると、十九や二十歳《はたち》の頃を思い出す。久しぶりに持ち歩くカメラは、彰二を学生の頃に呼び戻してくれるような気がした。

彰二は夜の工場を撮るのが好きだった。特にコンビナートは、暗闇に襲いかかる巨大な光の怪獣のようで、胸が高鳴り体温が一気に上昇し、どうしようもなく興奮した。その美しくも恐ろしいような光の群を手元に残しておきたいと思ったのが、彰二がカメラを触るようになったきっかけでもある。

一番初めに買ったのは、小さなデジカメだった。両親や兄に否定されるのがいやで、小遣いをためてこっそりと買ったのだ。中学生の頃はそのデジカメを持ち、一人で小さな冒険を繰り返した。中学生くらいではなかなか夜に抜け出すのも難しく、昼間に工場地帯をうろうろすることが多かった。昼の工場は夜とは違い、無機質が詰め込まれたような色をしている。錆《さ》びた金属やコンクリートのひび割れ、死んでしまったような鉄の塊《かたまり》が、フレームの中では呼吸をしているように感じる。温度の低いそれらのものが、夜になると一気に華やぐ、その変化にも惹かれた。ファインダーの向こうには、自分の目で見ている景色とは違うものが見える気がした。

高校生になると、カメラなどという趣味を持っていることが何故かひどく恥ずかしくなり、あまりカメラを持ち歩かなくなった。たまに撮るにしても、土日にわざわざ知り合いに見つからないような場所まで遠出していた。

転機はいつだっただろうと考えると、そこにはやはり史人の顔が思い浮かぶ。

誰にも言えなかった趣味を初めて打ち明けた相手が史人だ。

大学生になりアルバイトで一眼レフを手に入れた彰二は、再び写真にのめり込んでいた。カメラで食っていくという夢は、その頃からずっと、彰二の心の奥でくすぶっていた。だが、そんな夢を持つ自分を嘲《あざけ》ってもいた。写真に一生懸命になるなんてバカバカしい。どうせ遊びに過ぎない。

今思えば、限界を知って諦める時が来るのを、無意識に恐れていたのだ。

だが、史人は彰二のカメラを見て「かっこいい」と感嘆の声を上げた。繕《つくろ》うこともなく、口先だけでもない、純粋で素直な言葉に、彰二は初めて、カメラが好きな自分を、認めることができたような気がした。

二歳年上の史人は彰二がこれまで付き合ってきた友人たちの中にはいない、真面目で大人しいタイプだった。だからこそ最初は新鮮だったのかもしれない。史人となら気負いなく、見栄を張らずに話すことができた。

史人が自分を好きなことはすぐに気付いた。大学に入ってから、彰二は男女問わずよくモテた。夜遊びばかりしていると、様々な人種が近寄ってくる。請われるまま関係した何人かの中には、女ばかりじゃなく男もいたが、抵抗は全くなかった。史人もきっとそっちの人間だろうと察することはできた。

最初は物珍しいだけだったのだ。だが、史人にはカメラや写真の話ができた。自由に好きなものの話をするだけで、こんなに開放的な気持ちになるのだと彰二は初めて知った。すると、写真は以前より格段に面白くなった。金もないのに、史人を連れて撮影旅行に行ったこともある。

今考えれば、あの時期は本当に楽しかった。史人はいつしか、彰二にとって大事な存在になっていた。カメラと、史人という優しい気持ちになれる人を両手に抱き、彰二は初めて、夢中になるということを知ったのだ。

けれど、大学を辞めてしまってから、生活は一変した。両親からの仕送りが止まってしまうと、当然一人で稼がなければならない。彰二は史人の助言もあり、カメラに関わることのできる写真スタジオの仕事を探してみた。撮影アシスタントの職はすぐに見つかったが、仕事のきつさと横暴な上司やカメラマン、給料の安さに我慢できず、三ヶ月で辞めてしまった。それからはもう、どんな仕事をどのくらいやったのかはっきり覚えてない。割のいいバイトばかりを探しているうちに、遊び仲間から誘われてクラブの雑用をしたり、スナックの店員やキャバクラの運転手などを掛け持ちした。どれも長くは続かなかったが、夜の仕事をしていると、知り合いだけは増える。辞めてもすぐに似たような仕事がやってきて、短時間で日銭を稼いでは、パチンコや麻雀で使い果たした。そのうち、仕事をすること自体が億劫になった。雀荘で知り合った男に金を借り、パチンコで勝って金を返し、再びパチンコで負け、また誰かに金を借りる。

そんなことをしている間に、史人とは擦れ違っていった。その頃、史人は既に就職していた。ひどく忙しそうな史人と会う時間は減り、今何をしているのかお互いに知らないという月日が流れた。全く触らなくなったカメラは、埃《ほこり》を被っていくばかりだった。

最初は少しだった借金はいつのまにか増えていた。クレジット会社への借金が返せず、友人たちもこれ以上はと貸してくれなくなり、二十四の時、とうとう家賃すら払えなくなった。そしてある時部屋に帰ってくると、彰二の部屋に、彰二自身が入れなかった。管理人が鍵を変えてしまったのだ。

彰二は仕方なく史人の家に転がり込んだ。

借金は史人が全部払った。それは、働き始めてから数年間、史人がコツコツと貯めていた金だった。

クズだ。どう考えても最低だ。

誰も、こんなクズに同情はしない。こんなクズに期待もしない。

だからこそ、きっとこれが最後のチャンスだ。

もう一度。

史人に出会った時のように、もう一度このカメラを手にして、前に進むことができないだろうか。

彰二は、街の灯《あか》りから藍色《あいいろ》の空へとレンズを向けた。夜空と街の灯りの境目は、ぼんやり淡くくすんで、どっちつかずの中途半端な色をしている。どこにも行こうとせず、何もしようとせず、ただこんな筈じゃないと蹲っているだけの自分は、名前の付けられない大気の色に似ていた。

これからどうなるかは分からないが、やるだけやってみる。彰二は夜の街を眺めながらそう思った。

＊

最近は、夕方になるとあっという間に日が落ちる。梶原の自宅兼事務所を出た時にはまだはっきり見えていた太陽は、電車を降りるといつのまにか落ちていて、辺りは薄暗い藍色に包まれていた。彰二は厚手のジャケットのポケットに両手を突っ込み、肩を竦めながら早足で帰り道を歩いた。珍しく早い時間に帰れたので、足取りも軽い。昨日もその前も深夜を過ぎるまでスタジオで撮影していた。今日はロケの予定だったが、午後から使う予定だった施設が急に使えなくなったらしく、急遽《きゅうきょ》延期になったのだ。その代わり、梶原の事務所でデータの整理や機材の整備などをして、少し早目に帰してもらった。スケジュールは押すことになるだろうが、彰二としてはラッキーだ。

梶原のもとで働くことになってから三週間が経っていた。

趣味でカメラを弄っていたとか、スタジオで働いた経験があると言っても、彰二は撮影に関してはほぼ素人《しろうと》だ。最初は分からないことだらけだったし、今もまだ戸惑ってばかりだが、何とかやめろと言われずに毎日通っている。梶原は基本的には穏やかな男で、理不尽なことを言わないし、すぐに他人を怒鳴りつけたりもしない。だが言うことは辛らつで、はっきりしていた。腹が立つことは何度もあったが、怒るでもなく嫌味を言うでもなく、真実のみを淡々と告げられると、反論できなくなってしまう。それに大抵は梶原の言うことは正論で、怒られる原因は彰二にあった。

小さな失敗は数限りなくある。ロケの時にストロボや三脚を忘れたり、肝心のレンズを間違えて持っていったりした。

一番焦った時のことは、今思い出しても背筋が寒くなる。通い始めて十日経った頃、彰二は初めて遅刻をしてしまった。早起きの習慣が何年もない彰二は、元々朝に弱い。その日は目覚ましをいつのまにか止めてしまったらしかった。慌てて駆けつけたせいで、手も足もおぼつかず、まだ夢の中にいるような状態だった。そしてやってしまった。撮影に使うカメラを落として壊してしまったのだ。瞬間、この仕事も終わったとクビを覚悟したが、梶原は気をつけろと言っただけでひどくは怒らなかった。

梶原がいつも言うのは、「同じことを二度するな」ということだった。忘れ物も遅刻も一度目はいい。だが二回する奴は反省してないとみなす。はっきり言われ、彰二は心底肝が冷えた。

これまで、一番長く続いたのは写真スタジオに勤めていた三ヶ月だ。あとは大抵一ヶ月続かずに辞めてしまった。そんな自分が、今のところ何とか梶原のもとに通えていることが、彰二には少し不思議なくらいだった。

カメラを見ているのも、触るのも楽しかった。シャッター音を聞いていると、気持ちが浮き立つ。史人が言った、「写真に携わる仕事なら続く」というのは当たっていたのかもしれない。これまで、そんなことは考えないようにしていたけれど。

今、やっと三週間だ。あと一週間で一ヶ月が経つが、彰二は何となく、このままうまく雇ってもらえるような気がしていた。カメラを壊してもクビにされなかったのだ。後、何をやればクビになるだろうと考えても思いつかない。

給料が入ったら新しいカメラが欲しかった。今日も帰り道で家電量販店に寄り、最新モデルを片っ端から吟味してきた。彰二が持っているものは大学時代に買った一つきりだ。七年も前のものなのだから、そろそろ新しいものを買っても罰は当たらないだろう。いいカメラを持ったからといって腕が上がるわけじゃないとよく言うが、素人なのだから機材くらいいいものを持ちたいじゃないか。

さっき見たカメラの種類を思い浮かべながら歩いていると、ふと不動産屋の賃貸物件の貼り紙が目に留まった。暗い道に煌々と明かりをつけたガラスウインドウの前で立ち止まり、彰二は貼り紙を隅から見てみた。

やはり、ペット可の物件となると、相場より少し家賃が上がるようだ。

彰二はポケットの中で、小さなマスコット人形を触ってみた。昼間に買ったジュースのオマケで、布製の人形だ。何かのキャラクターだと思うが彰二は知らない。みぃにあげるのだから、なんでもいいのだ。

子猫を連れ帰ってからひと月が経ち、今や、家に残っているのは茶色と黒の縞の一匹のみだ。この一匹の貰い手が見つからないと史人が悩ましげにぼやいているが、彰二は内心、このまま見つからなければいいとすら思っていた。みぃは可愛い。手放したくない。このまま飼っていてもばれないと思うのに、史人は頑なに引き取り先を探している。

彰二はずらりと並んだ貼り紙にもう一度目をやった。ペットの飼えるマンションに引っ越せば、史人も文句はないはずだ。今は彰二も働いているのだから、引っ越しができないことはないいんじゃないだろうか。

マンションが見えてきた道路で、前を歩くすらりとした後ろ姿に気付いた。珍しく私服なのは今日が休みだったからだ。ジーンズに厚手のパーカを着て、手には買い物袋を持っている。彰二はこぢんまりとした後ろ頭に早足で近づくと、右側から人差し指で頬を突いた。驚きながら右側を振り返った史人の左側から口唇を近づける。

「おかえり」

口元に触れんばかりに近づいて囁《ささや》くと、史人は素《す》っ頓狂《とんきょう》な大声を出して飛び上がった。

「わあぁっ」

予想以上の反応に満足して、彰二は笑った。

「わ、お、驚いた、彰二」

「買い物か」

「うん、夕飯の。今日は早かったのか？」

「ああ、なんか撮影場所が急遽使えなくなって明日にずれこんだんだ。俺としちゃラッキーだな」

史人は彰二の言葉に安心したように笑った。

「そっか、最近毎日遅かったもんな。今日、鍋の材料買ってきたからちょうどよかった」

買い物袋を持ち上げた史人は嬉しそうだ。明るい表情に、彰二もつられて笑った。

「なあ、みぃの引き取り手、まだ決まってないんだよな？」

「ああ、うん……」

「なあ、ペット飼えるとこ、引っ越さねえ？」

「……でも、今の収入だと……」

「俺も働いてるだろ」

史人は浮かない顔をしている。何をそんなに迷うことがあるのだろう。

「な？」

念を押すと、史人はやっと小さく笑ってくれた。

「そうだな、うん。彰二も働いてるし、引っ越せるかもしれない」

「だろ。そしたらみぃと一緒に暮らせるだろ？」

勢い込んで言うと、史人はぽかんと彰二を見上げて、ふふと笑った。何がおかしかったのかと聞いたが、史人は「いや？」とはぐらかすだけだった。

マンションのエレベーターに乗り込んだとき、史人の携帯が鳴った。史人は表示された名前を一度見ただけで、そのままポケットにしまってしまう。

「出ないのか？」

「ああ……うん。いいんだ」

出ようとしないので、逆に気になる。電話はしばらく鳴ってようやく切れた。史人は複雑な表情をしていたが、やがて「一緒に鍋とか、久しぶり」と笑ったので、彰二もそれ以上は聞かなかった。

カセットコンロはないので、キッチンで煮込んだものをリビングのテーブルの上に運んで、二人で囲んだ。

「いただきまーす」

つい手を合わせて意気揚々と声を張り上げてしまった彰二に、史人が可笑《おか》しそうに笑って、どうぞ、と言った。

そういえばこんな風に、二人でゆっくり夕飯を食べるなんて久しぶりだ。仕事を始めてから夜は不規則で遅いし、それまではいつも、パチンコや飲み屋に出かけていた。

「おまえそういえば、私服着てんの久しぶりじゃないか」

それどころか、史人が会社を休んでいること自体、久しぶりに見る。

「そうだな、休みあんまりないからな」

「おまえの会社って、休みどうなってんの」

今更な話だが、彰二はこれまで、史人の仕事のことなどほとんど考えたことがなかった。

「休みあるよ、一応、週に一回」

「週に一回休んでるか?」

「……休んでないな」

「なんで。おまえ、働きすぎじゃね?」

史人は複雑な顔をした。言葉が見つからないというようなその顔に、彰二は腹の底をざらりと撫でられたような気がした。

「みぃ」

誤魔化すように、彰二はケージから子猫を出した。膝《ひざ》の上に置いて、ビールを呷る。

「みぃ、おまえも鍋食いたいだろ? うん?」

「ダメだぞ、おかしなものあげたら」

「あげねーよ」

話題がみぃにそれて、彰二はホッとした。

鍋を食べ終わり、ひとしきりみぃを構い、お互いに風呂に入る。こんな余裕のある夜は久しぶりで、二人とも当たり前のようにベッドに行った。

裸になって史人を抱くと、肌からボディシャンプーの匂いがした。

「いい匂い」

喉元《のどもと》に鼻先を押しつけながら、鼻腔いっぱいに史人の匂いを嗅《か》いだ。史人の柔らかな薄い皮膚の感覚が好きだ。いつまでも触っていたくて、腕の内側の柔らかい部分や、背中、わき腹を掌《てのひら》で何度も擦る。

「くすぐったいよ、彰二」

史人の囁く声が、耳に心地いい。

「史人」

「ん？」

疑いのない真《ま》っ直《す》ぐな目が彰二を見つめる。甘えるように縋っていた身体を伸ばして、史人の口唇にキスをした。薄い口唇が控えめに開く。彰二がするがままに舌を受け入れ、応えてくる。

こうしてまともにセックスするのも久しぶりだ。だが、史人の身体の反応はよく分かっている。初めての時、史人はほとんど何も知らないまっさらな状態だった。その史人に、彰二が男の身体を教えたのだ。史人の身体は彰二にぴったりはまる。素直に、されるまま、彰二が教えたように尽くしてくれた。史人は真面目で不器用で、優しい男だ。昔も今も、変わらない。

口唇を離し、頭を軽く下に押すと、史人はすぐに察してくれた。寝そべった彰二の足元に屈《かが》むと、半勃ち状態の彰二のものに手を添え、先端を舌先で舐《な》めた。久々の感覚に、一気に熱が上がっていく。史人はしばらく先端とカリの部分をしゃぶっていたが、彰二が少し腰を突き出すようにしたのを合図に、口中深くまで引き入れた。生温かい粘膜に包まれて、彰二はたまらずに全身を震わせた。喉の奥を広げるようにしながら、必死に頭を上下に揺らす史人が愛《いと》しい。手を伸ばして、史人の耳を探り、顎《あご》を撫でた。史人が視線だけをこちらに向ける。取り立てて目立つ風貌《ふうぼう》をしているわけでもない、凹凸《おうとつ》の少ない平凡な顔に、ぞくりとするほどの色気を感じる。一瞬凶暴な欲望が込み上げて、喉の奥に腰を強く突き立てた。史人の白い顔が苦しそうに歪《ゆが》み、喉の奥が収縮する。搾《しぼ》り取られるような感覚に、背筋を快感が走り抜ける。

史人は苦しそうにしながらも、股間を硬くしていた。腰の間から、ピンク色の先端がちらちらと覗いている。真っ白い身体の中心でそこだけがピンク色に腫《は》れ上がっていて、ひどく扇情的だ。

「おまえ、やらしいなあ」

足先で先端を突きながらわざと意地悪く言ってやる。えずいたせいで涙を流しながらも、史人は羞恥《しゅうち》に頬を染めた。それでいて、正直な身体の中心は更にびくびくと蠢き、物欲しげにしずくを滴らせているのだ。少し乱暴に扱ってやる方が、史人は感じる。大人しそうな顔をしているくせに、いやらしい。

今すぐ史人の中に突き立てたい。史人が乱れ、自分に取りすがって泣く姿を見たい。

彰二は史人の顔を自分から引きはがすと、乱暴に身体を入れ替えた。史人をうつ伏せにし、腰を高く上げさせると、ローションで性急に後孔を解《ほぐ》した。

史人は声を上げず、黙って枕に顔を伏せていた。時折びくりと身体を揺らし、腰をもぞもぞとくねらせる。中途半端に恥ずかしがっている姿が余計に卑猥《ひわい》だ。もう少し解した方がいいと思いつつも、痴態にそそられて、彰二は背後から自分の猛《たけ》りを突き立てた。

「……ンっ……」

呻く史人の後ろ頭を見つめながら、彰二は深い呼吸を吐き出した。細い腰が、懸命に彰二を受け入れて開いている。身体の中は燃えるように熱い。熱くて眩暈《めまい》がする。溶けそうだ。

「ッ……っ、彰…二っ」

史人が、堪え切れないというように切羽詰った声で自分を呼ぶ。ぞくぞくした。いつもは取り澄ました白い顔が、どんな風に歪んでいるのか見たい。覆い被さるように腕を伸ばし、史人の顔を無理に横に向かせた。苦しそうな目が彰二を捉《とら》える。半開きの口唇から、赤い舌がちらりと覗いた。彰二は湧き上がる唾液《だえき》をごくりと飲み込んだ。

「気持ちいいか?」

こくりと史人は頷いた。

「彰二……」

史人の目はうっとりと彰二を見つめている。この目には自分しか映っていない。ベッドについた手に、史人の手が重なってきて、強く握りしめられる。細い手の縋るような強さは、普段ほとんど言葉にも態度にも出すことのない、彰二への執着の強さのような気がした。

彰二は史人の腰を抱え直すと、先端まで引き抜き、一気に貫いた。

「……ッッ」

史人の背中が引き攣《つ》るように反り返る。それを押さえつけて、もう一度ぎりぎりまで引き、強く突き入れた。

「あぁ……ッ」

史人はとうとう悲鳴を上げた。

こうして身体を繋《つな》げていると、心の中の窪《くぼ》んだ場所が満たされていくように感じられる。この男は自分のものだ。絶対に自分の側を離れない。こんなにも全身で彰二を求めているのだから。充足感が身体を満たしていく。

「俺のこと、好きか?」

ぶるぶると身体を震わせながらも、史人が頷いた。けれど、頷いただけでは物足りない。

「言えよ」

「……好き」

控えめな声を責めるように、彰二は強く腰を突き立てた。史人が細い悲鳴を上げて仰《の》け反《ぞ》った。

「ほらっ」

「好き……っ」

「聞こえねえ」

「彰二、彰二好き、好き……っ」

「史人ッ」

「彰二……彰二っ、彰二」

何度も言わされているうちに我を忘れたのか、史人はうわ言のように彰二の名前を叫び続けた。

彰二の頭は次第にぼんやりとしてくる。出口を求めていた体中の熱が史人と繋がった部分に集中して、吐き出すことしか考えられなくなる。猛った凶器を激しく突き立てながら、やがて彰二は史人の中に全てを吐き出した。頭が真っ白になり、身体の力が抜け、史人の上に覆い被さる。しばらくして息が整った頃、史人が自分で自分を触りながら達したことを知った。

心地いい充足感に包まれて、彰二は仰向けに寝転がった。随分声を出させてしまったから、隣近所に音が漏れてしまったかもしれないなどと、どうでもいいことを考える。視界の端で、史人がティッシュに手を伸ばすのが見えたが、眠くなって目を閉じてしまった。

穏やかな朝の日差しの中目覚めると、家の中を歩き回る足音が耳に入った。携帯を見ようと毛布から手を出すと、部屋の空気は随分冷えている。もう十一月も終わろうとしていた。

「起きた？　彰二も今日、朝早いんだろ？」

頭上から史人の声が落ちてくる。昨日延期になった分の撮影が、早朝から入っている。朝が苦手な彰二には、早起きが一番つらい。こうなると、予定の変更が恨めしかった。あと五分だけ眠っていたい。

「彰二、遅刻するぞ」

「うーん……」

今にも瞑《つむ》りそうな目を必死に開けると、史人の足元が目に入った。黒い靴下の親指部分が肌色だ。

「おまえ、それ穴開いてんじゃん」

「あ、ああ、そうだったかな」

焦った史人の声がするものの、眠たくて顔を上げる気にはならない。

「靴下くらい買えよなぁ、みっともねー」

「……ああ、そうだな」

何の気なしに言ったが、史人の声音は予想外に曇っていた。肌色の親指が、行き場がなさそうに小さく丸まる。

出かける間際、まだベッドから出ようとしない彰二の目の前に、史人がすいと差し出してきたものがあった。五千円札だ。

「はい。お昼代とと、その他にもいろいろいるだろ」

目の前に現金が出て来て、ようやく目が冴えた。

つい数日前にも同じだけもらった。働いているというのに小遣いをもらうのは抵抗がある。だが、今のところ彰二に収入がないのも確かだ。金がなければロケ現場へも行けない。

彰二は小さく頷き、黙って金を受け取った。

「じゃあ俺行くから。彰二も遅刻しないようにな」

そう言って部屋を出て行く史人の靴下の穴が目に入る。

靴下くらい買えと言った自分の声を思い出したくなくて、彰二は再び布団に包《くる》まった。

「明日のこと、分かってるな?」

念を押す梶原に、彰二は力いっぱい頷いた。

「はい、五時半ですよね」

「寝坊するなよ。絶対外せない仕事だからな」

「任せといてください」

張り切って返事をした彰二に、梶原も納得したようだ。

明日はロケの予定だった。広告の撮影で、普段なら撮影許可が下りない場所に、早朝ならとやっと許可が下りたらしい。明日は絶対に失敗できないことは、彰二にも分かっていた。

駅までの帰り道を歩きながら、彰二はあと三日で試用期間が終わることに浮かれていた。仕事内容が変わるわけではないけれど、『試用』の頭文字が取れるのは嬉しい。正式に雇われれば、給料も上がると言われた。

雑然とした通りを歩いていると、パチンコ屋からジャラジャラと聞きなれた音が聞こえてきた。客の出入りの度に、中の喧騒が漏れ出てくるのだ。ここを通る度に一瞬だけ誘惑されるのだが、今のところ何とか思いとどまっている。それよりも、彰二は買いたいものがあった。

最初の給料が出たら、史人にスーツを買ってやることに決めているのだ。カメラも欲しいし、引っ越しをしたい気持ちもある。だがそれよりも、いつも同じ貧乏くさいグレーのスーツを着ている史人に、新しいスーツを買ってやりたい。

史人が一着しかスーツを持ってないのは、彰二が駄目にしてしまったからだ。もともと二着しかなく交代で着るしかなかったのを、彰二がこの夏、煙草で焼いてしまった。煙草は金がかかりすぎ、夏頃には吸わなくなっていたのだが、最後の一本と思って吸ったものが脱ぎ捨てたままだった史人のスーツに落ちた。それも、その夜彰二が会社帰りの史人を強引にベッドに誘い、スーツをその辺に放り出したからだった。

新しいスーツを買ってやれば、史人は喜んでくれる気がした。これまで史人には嫌な思いばかりさせてきた。金も随分使わせてしまった。だから、せめてもの恩返しのつもりだ。

駅前には大きな家電量販店が店を構えている。閉店までにはまだ少し時間があるからと、彰二は何の気なしに店に立ち寄った。いつものようにカメラ売り場に行くと、ずらりと並んだ最新機種を一つ一つ見て回る。

「これ、おすすめですよ」

近寄ってきた店員に声をかけられる。

「いいよね」

「今なら幾らかお安くできますよ」

数日前にも違う店員と同じ会話をしたが、今日もしてしまった。彰二は見本のカメラを構えると、ファインダーを覗き、シャッターを押すふりをしてみた。

新しいカメラを触っていると、胸がわくわくと浮き立つ。いずれ店員と、この中から一番気に入るものを本気で選ぶ時が来るのも、そう遠くないような気がした。

見ていただけだった。自分にはまだ早いと分かっていたし、今はその時期じゃないことも理解していたつもりだ。

なのに何故だろう。店を出た時、彰二はデジタル一眼レフの最新機種を手にしていた。彰二は現金を持っていない。だが、史人のクレジットカードを持っていた。昨日、通勤用の定期券を新しくするために、史人から預かったままだったのだ。

彰二は妙に重く感じるカメラの入った家電量販店の紙袋を見下ろした。

店に入る前、あれこれと考えていたことを思い出そうとした。そうだ、スーツだ。初めての給料で史人のスーツを買ってやると決めていた。なのに、こんな高いものを衝動買いしてしまった。しかも、史人のカードで。スーツの値段とカメラの値段はほぼ一緒だ。きっと、この一ヶ月分の彰二の給料も大体同じはずだった。

ずっと欲しかったカメラを手に入れたというのに、少しも嬉しくなかった。むしろ、店を出た瞬間から、これを家に持って帰ることを考えて憂鬱で仕方がない。

彰二は駅前広場のベンチに腰掛けた。ロータリーに連なったタクシーのランプを、ぼんやりと眺める。

今から返品することはできないだろうか。いや、あんなに乗り気で買ったものを、やっぱりいらないと店に返すことなど、みっともなくてできるわけがない。

ベンチにもたれ、頭上を仰いで目を閉じる。ふと、隣に誰かが座ったのが分かった。

「最近来ないじゃん」

声を掛けられ目を開けると、そこにいたのは久しく会っていなかったハルだ。最後に会ったのは、髪を切ってもらった一ヶ月くらい前だろうか。

ハルに会うのは何となく気まずかった。面接の話をして髪を切ってもらってから、弱みを握られたようなばつの悪さがある。

「飲みに行く時間ねーんだよ、いそがしーから」

「ってことは、うまく行ったのか？　面接」

「……まあな」

まだ正式に決まった訳じゃないが、詳しく話すこともないと思った。

「へえ、やっぱり変わるもんだね」

「何が」

「顔つきがちょっと違う気がするから」

日頃悪態しか吐《つ》かれたことがないので、普通のことを言われると、どういう顔をしたらいいか分からない。

「カメラ?」

覗かれて、彰二は慌てて紙袋を抱えた。

「隠すことないじゃん」

「うるせー。あれだ、マスターに、近いうちツケ払いに行くからって言っといてくれ」

にやにや笑っているハルを残して、彰二はそそくさとベンチを離れた。

別に大きな借金を背負ったわけでもないのだから、それほど気にすることはないのではないか。今月の給料は必ず入るのだから、使った分は史人へ返せば済む話だ。、来月まで待てば、給料はまた入る。スーツはその時に買ってやればいいし、その先になれば引っ越しもできる。機会はいくらだってあるのだ。それに、無駄なものを買ったわけじゃなかった。カメラはこれから幾らでも使うものだ。いわば仕事道具だ。そう考えれば、後悔することは何もないような気がしてくる。

あれこれ考えながら改札の前まで来たとき、背後から肩をぽんと叩かれた。ハルがついてきているのかと思い、面倒そうに振り向く。

「やっぱり、彰二!」

だが、そこに立っていたのはハルではなかった。金髪に近い髪の毛に不健康そうな真っ白な肌をした男が、自分の名を呼んでいる。彰二は長い前髪に隠れた男の目を、不審そうに見つめた。改札の真ん前に立ち尽くした背の高い男二人を、周りの人間が鬱陶しそうに避けて通って行く。数秒後、見知った男の名前がぽんと脳裏に浮かび上がってきた。

「一也《かずや》？」

「おおっ、ひっさしぶりじゃん、元気だった？」

大学を辞めたあと、バイト先で知り合った仲間のうちの一人だ。彰二より一つ年上で、当時キャバクラの黒服や風俗の受付のバイトを色々紹介してくれた。明るく気のいい男で、大学を中退し、バイトや遊びで常にふらふらしていた境遇が彰二と似ているからと、仲良くしてくれたのだ。金も何度か借りたし、同じくらいの額を貸したりもした。

「いや、今そこでハルに会ったのよ。そしたら今、彰二に会ったって教えてくれてさ」

ハルも当時からの飲み仲間だった。と言っても、ハルと一緒に働いたことはないし、遊び歩いたこともない。顔を合わせれば悪態を吐くという程度の間柄だが、何の縁か未だに付き合いが切れない。

「おまえこの辺に住んでんの？」

問われて彰二は首を横に振った。

「いや、仕事でさ。一也は今何やってんだ？」

「俺？　俺はこれよ」

一也は大袈裟に髪の毛をかき上げ、ライターを差し出すジェスチャーをし、にやりと笑った。不揃《ふぞろ》いの歯が覗く。

「ホスト？」

「あたり～」

以前は真黒だった髪の毛が、金髪になった理由も頷ける。

「彰二は？　仕事ってことは真面目に働いてんのか？　なんかおまえ、いきなりいなくなったよね？」

以前住んでいたアパートを追い出された時、彰二が働き、遊んでいた繁華街からも足が遠のいた。知り合いの間では噂になっていたのかもしれないが、以前の仲間とはほとんど付き合わなくなったので、どの程度彰二のことを知られているのかは分からない。

「まあ、色々あってな」

詳しく話すのも面倒で、それだけで誤魔化した。

「なあ、時間ある？　飲みに行こうぜ」

誘われて、彰二は時計を見た。明日の集合時間は五時半だ。その時間に梶原は家を出るので、それよりも前に梶原の元へ行かなければならない。今は二十一時を過ぎているが、一時間くらい飲んで帰っても、すぐに寝れば起きられるだろう。

「俺、あんま遅くなれないんだけど」

「ちょっとだよ、ちょっと。だっておまえ、こんな偶然あるか？　俺今日休みだしさあ、久しぶりに話がしたいわ。ハルも誘ったんだけど、あいつ用事あるとかってさ、つまんねーよな」

つまらないと言われて、余計に断りにくくなった。久しぶりに会った一也と話をしたい気持ちもある。

「奢《おご》ってやるって。俺、最近成績いいのよ」

奢ってやるというその一言が最後の一押しになった。働き始めてから忙しく、ほとんど飲みに出かけていない。飲める機会があるなら少しでも逃したくないというのが本音だ。

「一時間だけな」

一也は不揃いの歯を見せて、にかっと笑った。

「おまえ、大荷物じゃね？」

彰二の手に持った紙袋を見て一也が言う。

「ああ、人に頼まれたんだよ」

考える間もなく、口からでまかせが飛び出てきた。


ピピピピピ……と、喧《やかま》しい警告音がずっと鳴り響いている。いつまでも鳴り続ける大きな音は、まるで彰二を脅迫しているようだ。恐ろしくてたまらず、彰二は必死に手を伸ばした。

この不安な音の止め方は知っている。彰二はいつもこうして、煩わしい雑音を消してきた。だから慣れている。煩《うるさ》い音もしつこい声も、こうして、ポン、とボタンを押せば、簡単に消える。そうすれば、彰二はいつまでも微睡《まどろ》みの中にいられるのだ。

この場所は気持ちがよかった。嫌なことは見なくていいし、面倒くさいことは考えなくてもいい。蹲っていれば、嵐はいつか過ぎているだろう。きっと誰かが、何とかしてくれるだろう。

どのくらい時間が経ったのか、瞼に差し込む痛いくらいの日差しに、彰二はやっと目を開けた。

ここがどこなのかすぐにはわからなかった。見たことのない天井の模様、どこかで嗅いだような強い芳香剤の匂い。視界に映るいつもと違う景色に、彰二はしばしぼんやりと、窓に掛かった花柄のカーテンを眺めていた。頬に当たるのはピンク色のラグだ。身体が冷たくて痛いのは、布団ではなく床にそのまま転がっているからだろう。見上げたテーブルに、見慣れないゴールドの細身のライターが転がっているのを目にした瞬間、彰二は文字通りその場に飛び起きた。ここがいつもの史人の家じゃないと理解した瞬間に、昨夜のことが一気に脳裏に押し寄せてくる。

昨日、一也と二時間ほど飲み、もう一軒行こうと引き止められたのを何とか振り切って、一人で店を出た。

「矢井田君じゃないか？」

人に会う時は立て続けに会ってしまうものだ。その時、数メートル先に立っていたのは、三上《みかみ》と言う出版社の人間だった。彰二が師事するカメラマンの梶原の仕事相手で、五十を過ぎた恰幅《かっぷく》のいい男だ。撮影で顔を合わせることも多く、梶原が言うには、仕事のない若い時に随分世話になったそうだ。今も彼は梶原によく仕事を持ってくる。彼がきっかけで、大手メーカーの広告も手掛けるようになったと言っていた。

彰二は幾分酒の入った状態だったが、梶原の大事な仕事相手だということだけは頭で分かっていた。三上に腕を絡める派手な女を少し気にしながらも、どうも、と頭を下げた。

「こんなところで会うなんて奇遇だねえ。どう、一杯付き合いなよ」

三上は随分酔っているのか、彰二の背中をばんばん叩きながら上機嫌だ。彰二は当然断った。

「いや、俺、明日朝早くて」

「何言ってんの、若いのに。俺なんて二十代の時には飲み明かして徹夜で会社行ってたもんだよ？　な、命令。付き合いなさい」

何度も断ったが、三上は彰二の腕を強引に掴んで離してくれなかった。無理に腕を引き剝《は》がすわけにもいかず、とにかく最初だけ付き合い、途中からこっそり抜けることに決めた。

連れて行かれたのはキャバクラだった。店の女がどんなに綺麗でも、彰二は昔から、この手の女たちにあまり興味がない。派手なドレスに身を包んだ女たちに囲まれているのもつまらなくて、帰る機会を窺いながらも、つい強い酒を何杯か飲んだ。

そのあとの記憶は曖昧だ。気が付いたら足が立たないほどに酔っぱらっていて、店の女の一人にしな垂れかかりながら、タクシーでどこかへ帰った。

そして、朝だった。ベッドに盛り上がっているのは昨日知り合ったキャバクラの女だ。

彰二は慌てて携帯で時間を確かめた。朝六時だ。約束の時間を三十分過ぎている。着信履歴が数件残っていた。史人と、梶原だ。

ざっと血の気《け》の引く音がはっきりと聞こえた。

起きあがると頭が割れるようにがんがん鳴る。だが構ってはいられない。洗面所だけを借り、眠っている女をそのままに部屋を飛び出した。梶原に電話をかけてみたが、留守電で繋がらない。ロケ地だけは知っているので、電車を乗り継いでとにかく目的地まで急いだ。本来なら撮影機材を載せたバンで行くのだ。

着いたのは六時四十分。撮影が始まってから三十分過ぎたあたりだった。

「すみませんっ！」

ファインダーを覗いている梶原の背後で頭を下げた。梶原は返事をしなかったが、彰二は頭を下げたまま、動かなかった。

「突っ立ってられても迷惑だから、手伝え」

「あ、はいっ」

命令され、許されたような気がしてホッとした。

その日はいつもより何倍も懸命に立ち働いた。撮影は順調に進み、通勤時間がやってくる頃には撤収できた。バンを運転して帰り、その日のデータを簡単にレタッチした。この一ヶ月でこの作業にも慣れたし、スピードも上がった。それも、梶原が彰二を側に置いてくれる理由の一つだと自負している。

作業が終わると、午後からスタジオで雑誌の仕事が入っていた。それにもいつもと同じように同行し、夕方には撮影が終わった。レタッチはスタジオで簡単に行い、その日の仕事はやっと終了だった。

朝は少し遅れたが、それ以外はいつも通りの一日だった。他に失敗もなく、梶原も朝のことは何も言わなかった。だから彰二は、帰る頃には朝の失敗を頭からすっかり排除していた。

「君、明日から来なくていいから」

事務所から帰ろうとしていた彰二の背中に、梶原は淡々と言った。

まるで世間話でもするような口調でさらりと言われ、すぐには何を言われているのか理解できなかった。

「はい？」

「酒の臭いぷんぷんさせて集合時間に遅れるような奴は、俺はいらないから」

心臓がどくどくと激しい鼓動を打つ。彰二は湧き上がる唾液をごくりと飲み込んだ。声を出そうとすると、呼吸が震える。

「……あの、すみません、でも」

「何か言いたいことがあるか？」

言いたいことはあったはずだ。だが突然のことで、頭が回らない。梶原は本気なのか。だが目を見れば、冗談などでないことは明らかだ。

「あの……」

言葉を忘れてしまったかのように、何も言うことができない。今日一日ちゃんと仕事をしたのにとか、朝は何も言わなかったのにとか、子供みたいに稚拙な言葉ばかりが浮かんでくる。

梶原は目の前に茶封筒を差し出してきた。

「これ、今日までの給料」

「……俺、クビですか」

「来なくていいと言っただろ」

冷たく言い放たれて、彰二はもう何も言えなかった。頷くことも、取りすがることもできなかった。

それよりも、面と向かってはっきりと、もう用済みだと言われたことに対する恥ずかしさで、身体の中が熱くてどうしようもない。こんな無様な姿をいつまでも晒《さら》していたくなかった。結局彰二は一度頭を下げると、茶封筒を摑んで逃げるようにスタジオを後にした。

頭が纏《まと》まらず、ぼんやりとしたまま家に帰りつくと、史人はまだ帰っていなかった。暗い部屋に寝転がると、梶原の顔と声が目の前に浮かび上がる。

本当にクビになったのだろうか。

明日から、もう必要ないと言うのだろうか。

遅刻したのは二度目だった。

『同じ失敗を二度するな』

確かに何度もそう言われた。だが今日遅刻したのはたったの三十分だし、そもそも三上のせいだ。朝早いから飲みに行けないと言うのを強引に連れまわし、どうしても帰してくれなかった。断れなかったのは梶原が世話になっていると思ったからだ。あんな口ばかり早く動く、太って脂ぎった嫌らしい中年男の機嫌など、彰二が進んで取りたかったわけじゃない。梶原のために、付き合った方がいいと思ったからだ。

考えれば考えるほど、自分が不当な扱いを受けた気がした。時間が経つにつれ、ショックは激しい怒りに変わる。

やがて、真っ暗な部屋に鍵の回る音がして、史人が仕事から帰ってきた。

「え、彰二？　帰ってるのか？」

部屋の明かりをつけながら、史人は寝そべる彰二を見てひどく驚いていた。

「彰二、昨日どうしたんだ？　連絡ないし、俺心配してたんだぞ」

身体を起こすと、眩《まぶ》しさに目がくらみ、頭痛がした。史人は黙ったままの彰二を心配げに見つめている。

「どっか具合でも悪いのか……？」

「クビだって」

「え？」

「俺、クビだってさ」

言葉にすると、自分が見切られたことは事実なのだと、余計に思い知る。彰二は口唇を噛んだ。

結局ダメだった。

自分なりに頑張ったつもりだ。慣れない仕事を必死でやった。他のスタッフに嫌味を言われても我慢したし、どんな雑用にも文句を言わなかった。理不尽なことを言われたり、バカにされたりもした。腹が立っても、いずれはカメラを持つつもりだったから、踏ん張った。できることは精一杯やった。

なのに、たかが遅刻程度でその全てを否定された。おまえはいらないと言われた。

史人は何も言わない。彰二の仕事が決まった時、泣かんばかりにして喜んでいた姿を思い出す。その史人の前で、ダメだったと報告する彰二の気持ちは、きっと分からないだろう。この沈黙に晒される度に、彰二は自分を嫌いになっていく。重苦しい空気に耐えられず、彰二は口を開いた。

「たった二回だぜ。二回遅刻したくらいでクビ。ふざけんなっつうんだ」

悪態を口にしたら、少し心が軽くなった。

「あれだぜ、たぶん最初から雇うつもりなんかなかったんだぜ、絶対。アシスタントっつったってカメラなんか触らせてももらえねえし、給料もやっすいしさ」

口は勝手に動いた。これまで思わないようにしていた不満が、一気に吐き出されていく。

「まあ、だいたい最初から続くわけなんかないと思ってたんだから、約一ヶ月か？　続いただけでもすごいと思わねえ？」

そうだ、どうせ続くわけがなかった。彰二がきちんと最後までできたことなど、これまでに一度もなかったのだ。最初から無理だと分かっているものを、できるかもしれないと思った時点で間違っていた。頑張ったせいで馬鹿を見た。向こうもきっと彰二のことなど本気で考えてはいない。それなのにカメラマンになろうなどと、どれだけおめでたくできていたのだろう。

「何言ってんだ……？」

史人がやっと口を開いた。けれどその声は重くて、彰二はびくりとする。

「何言ってんだ？　本気じゃなかったとか、雇うつもりがなかったとか……何、何言ってんだよ」

彰二は史人の顔を茫然《ぼうぜん》と眺めた。見たこともないような顔をしていたからだ。見開いた目は彰二をきつく睨み、薄い口唇は真っ白になって震えている。こんなにはっきりした史人の怒りを、彰二は初めて見た。

「どうして？　どうしてそんなことになるんだ？　もうちょっとだったじゃないか。今まで頑張ってきたのに、どうしてそんなことが言えるんだよ。どうして我慢ができないんだよ。失敗したのなら、もう一度チャンスくれって頭下げて頼み込んでみたのか？　必死になってみたのか？」

「……そんな、そんなかっこわりーことできるわけねえだろ。いらないって言われてんだぜ、はいそうですかって言うしかねえよ。それ以上どうやれってんだ」

頼み込むなどと考えてもみなかった。目の前でもう来るなと言われて、しがみつくなんてできるわけがない。

「彰二、今までと同じじゃダメなんだよ。そんなことで簡単に辞めて、これからどうするんだよ？　カッコ悪いって何が？　途中で辞めて逃げ出す以上にカッコ悪いことがあるのか？　頑張るつもりじゃなかったのか、ちょっと失敗したくらいで辞めるのか。言っとくけど、生きてたらそのくらいの失敗も嫌なこともいっぱいあるぞ、数えきれないくらいある。でもそこで諦めたら、今までと同じだろ？　なあ彰二、それじゃダメなんだよ、分からないのか？　一生懸命にならなきゃ……必死にならなきゃ、何も変わらないんだよ。世の中は彰二の思うようには動いてくれない。自分に都合のいいことばかりは起こらない。彰二が変わんなきゃいけないんだ、なんでそれがわかんないんだよ？」

史人の剣幕に、彰二は言葉が出なかった。初めて突きつけられた言葉は、ナイフのようにぐさぐさと心を突き刺してくる。無数にできた傷口があまりに痛くて、塞ぎようもない。

必死になれ？

必死だったさ、自分なりに。一生懸命やっていたはずだ。

いや、あれが本当に必死だったと言えるのか？　調子に乗っていたじゃないか。あと数日くらい楽勝だと思っていたし、自分は梶原に信用されていると勝手に自負していた。集合時間を少しくらい遅れても平気だと、どこかで高を括《くく》っていたのではなかったか。

考えれば考えるほど、彰二は浅はかで甘かった。だが、今更それが分かってどうなる？　反省してどうなるというのか。もう遅い。彰二は辞めてしまったし、今から梶原の元へ行く勇気などなかった。

何故史人は味方をしてくれないのだろう。何故突然、こんな風に彰二を傷つけるのか。史人はこれまで、そんなことは言わなかった。仕事を辞めようが、金を使おうが、飲みに行こうが、史人はいつだって黙って彰二を受け入れてくれた。心でどんなことを思っていたとしても、口に出して怒ったり責めたりはしなかった。

史人は必ず慰《なぐさ》めてくれるものだと思っていた。

その史人に見放されてしまったと思った途端、絶望が身の内に走り抜けた。

「彰二、聞いてるのかっ？」

「うるせえっ！」

気付いたら激しく怒鳴っていた。

「うるせえんだよっ、知った顔して説教垂れんな、おまえに何がわかんだよ！」

感情のまま捲《まく》し立てると、もやもやとしたものは全て怒りという分かりやすい形に変換された。

怒ってしまえば楽になる。簡単に彰二を見捨てた梶原を、彰二を責める史人を、逃げることしかできない、最低最悪の自分を。

「彰二……」

史人の目に諦めが宿る。冷えて固まっていく視線から彰二は逃れた。そのまま表に走り出て、駅裏の飲み屋街へ向かった。

夜の街はすっかりクリスマス一色に染められていた。赤や緑のライトがそこかしこできらきらと輝いている。派手なライトアップやショウウインドウの飾り付けを目にするたび、彰二の心は逆に荒んでいく。

彰二は久しぶりに行きつけの飲み屋に顔を出した。短髪と髭が渋いマスターは、彰二を見て少しだけ驚いた顔をした。

「マスター、はいこれ」

日割りで貰った今日までの給料を、カウンターの上に叩きつける。

「今までの飲み代ね」

「お、未来のカメラマン、久しぶりじゃん」

茶化すように口を出したのはテーブル席で飲んでいたハルだ。今日も相変わらず男を連れているが、この間見た男とは顔つきが違うようだった。

「やっぱカメラマンになる男は違うね、随分気前いいじゃん」

ハルはカウンターにやってくると、彰二が出した封筒を横から取ろうとする。ハルに触れる前に素早く取り上げ、今度はマスターに直接渡した。本当は、今日まで働いた分だけでも史人に渡そうと思っていた金だ。だがもう、そんな気持ちはどこかに消えてしまった。

それより、何故アシスタントをやっていたことをハルが知っているのだろう。そんな詳しい話をしたことはなかったはずだ。

彰二が聞くよりも早く、周りの客が何々と珍しそうにハルを問い質《ただ》している。

「俺の友達が撮影かなんかしてる彰二を見たんだってさ。この間カメラも買ってたじゃん。最近頑張ってると思ったら、そんな似合わないことやってたなんてさあ」

ハルの口の悪さはいつものことだ。悪気などないのだと知っていても、今はそんな言葉を聞きたくなかった。

「うるせえやめろ。そんなもんとっくに辞めてんだよ」

言い捨てて、彰二は出された酒をぐいっと呷った。グラスをテーブルに叩くように戻すと、ハルの軽い口がすっと閉じた。

「頼まれたから手伝ってやっただけだ。誰がカメラマンだよふざけんな、そんなもん誰がなるか」

恥ずかしいほどに見事な負け惜しみだ。分かっている。だが、自分を慰める方法が他にない。

「大体、俺にあんなきつい仕事できるかよ。向いてねーにもほどがある……」

言えば言うほど悔しさに心を呑《の》まれていく。彰二はグラスを握りしめた。

あの時、一也が誘ってこなければ。三上に会わなければ。今更そんなことを嘆いても意味はないことくらい承知している。だが、誰かのせいにしてしまいたかった。

「安くこき使いやがってよ、何が試用期間だ、バカにしやがって。毎日毎日どんな気持ちで雑用ばっかやってたと思ってやがんだこの野郎……バカにしやがって……バカに……」

自分でも最早、何に悪態をついているのか分からない。ただ目の奥が熱くて、何かを吐き出していないと、この気持ちをどこへ持って行けばいいのか分からなかった。

何故こんなに心が乱されるのだろう。仕事をクビになったのも、自ら辞めてやったのも覚えてないくらい何度もある。だが、こんな気持ちになったことはない。こんなにやりきれなくて、こんなに絶望的な気持ちになったことはなかった。

不意に、調子に乗って買ってしまったカメラのことが思い浮かんだ。そういえば、あれをどこかに忘れてしまった。どこに置いてきたのか、もう覚えていない。

史人にスーツを買ってやりたかったのだ。それは本当だった。正式に雇われて、俺だってやればできると、史人に胸を張りたかった。

同じ失敗を二度するなと言った梶原の声が耳元をちらつく。

これ以上何も考えたくない。頭をからっぽにしたくて、彰二は酒を呷り続けた。

*

十二月も中旬になると、夜の空気は凍えるように冷たくなる。今日も帰りは二十三時を過ぎていた。会社でもこの時間まで残って仕事をしているのは史人くらいだ。上司は明日の会議の資料を用意するように言い置いて、とっくに帰ってしまった。

マフラーを巻いた首を竦めると、首筋がずきりと痛んだ。以前からずっと重く痛かったのが、最近では動かすのもつらいくらいに悪化している。マッサージか整体に行きたいのだが、帰りが遅い上に休日もなかなか休めず、時間が取れない。この時間に開いている店も見つけられなかった。

深夜帯まで開いているスーパーの前を通りかかる。ついこの間までは、どんなに疲れていてもなんとか食材を買って帰っていた。その方が安上がりだし、作っていれば彰二が食べるかもしれないからだ。一緒に食事ができなくても、彰二が食べると思うと作る気力も湧いてくる。

だが、最近は自炊などする気にもならなかった。きっと、今家に帰っても、彰二はいないだろう。

気力がないからと言って何も食べないわけにはいかない。仕方なく、値引きされた一番安い弁当を二つ買う。いないに決まっているのに、彰二の分を買って帰る自分が滑稽《こっけい》だ。だが、もしもいた時のことを考えると、どうしても無視できない。

レジで支払いながら財布の中身を確認すると、やはり昨日あったはずの紙幣が数枚なくなっている気がする。最近は何度かこういうことがあった。深く考えると足元が崩れていきそうで、史人は見ないふりで財布を閉じた。

マンションに着き、エレベーターを待っていると、横の管理人室から初老の女性が顔を出した。このマンションの管理人で、たまに顔を合わせて挨拶《あいさつ》する以外、ほとんど話したことはない。

「青木さん」

「あ、はい」

突然話しかけられて心底驚いた。緊張して身構えてしまう。

「あなた、何か飼ってません？」

猜疑心《さいぎしん》いっぱいの目をして問われ、史人はぎくりと身体を強張《こわば》らせた。

「あの……」

「うちはペット禁止。知ってますよね？」

管理人は、史人の家に猫がいることを確信している様子だった。

史人は誤魔化すことができなかった。元々嘘をつくのも下手だし、口先で取り繕うようなことができたためしがない。

「はい、はいあの……すみません、今引き取り手を探しているんです」

「本当ですか？　猫の鳴き声、随分前から聞こえるって苦情が入ってるんだけど」

「なかなか、あの、なかなか見つからなくて……でも探してはいます。もう少し、もう少し大目に見てください。まだ子猫で小さいですし、ご近所にご迷惑をかけるようなことはないですから」

史人は必死で頭を下げた。頭を下げる以外、やりようがない。今、みぃを手放すことはできない。

深く頭を下げ続けられ、管理人も折れるしかなかったようだ。そんなには待てませんよ、と言い放って管理人室に消えた。ドアが閉まり、史人はため息をついた。力が抜ける。

エレベーターはいつのまにか降りてきている。史人はふらりと乗り込むと、五階のボタンを押した。腕を上げるのもひどく面倒だ。家に帰りつくと、中に彰二の気配はなかった。弁当まで買って帰ったというのに、心のどこかでホッとしている。

「みぃ」

呼ぶと、みぃぃ、と声が聞こえる。

明かりをつけ、ケージの前にぺたんと座り込んだ。本当は出しておいてやりたいのだが、まだ小さい猫を自由にしておくわけにはいかない。

「ごめんな、窮屈だよな」

ケージから出し、膝の上に乗せる。みぃは大きなガラス玉のような目で、史人をじっと見上げた。床に下ろしてやると、たたたっと走り出す。みぃは今、遊びたい盛りだ。何にでも興味を示し、一人で遊んでいる。お気に入りのマスコットを投げてやると、飛び付いて歯を立てた。振り回して遠くにやってしまい、それを追いかけてまたじゃれつく。

史人はみぃが遊ぶのをぼんやりと眺めた。ここに来た時はまだ両手に乗るくらい小さかった。頭ばかりが大きくて、今にも壊れそうなおもちゃのように頼りなかったのに、今では随分猫らしい体型になった。みぃは日に日に成長している。

みぃのことはずっと気になっていた。飼っていいと思っていたわけじゃない。最初は必死で貰い手を探したけれど、引っ越せるかもしれないと思い始めてからは、探すのが気乗りしなくなってしまったのだ。だが現状では、ペット可のアパートに引っ越すのは無理だ。

「彰二はちゃんとごはんくれたか？」

一人遊びをしているみぃを引き寄せ、頭を撫でた。喉を触ってやると、気持ちよさそうに目を閉じる。それでも動きたい方が勝つのか、史人の膝の上でもどかしそうに頭を振った。

小さなみぃを膝の上に乗せたまま、気が付いたら空を見つめてぼんやりしていた。スーツを脱いで吊るさなければ、汚れるし皺になる。立ち上がらなければと思うのに、重い身体はなかなか動いてくれない。

やっと腰を上げた時には、数十分が経っていた。スーツを部屋着に着替え、弁当を食べる。シャワーを浴びて出てきたら、携帯が鳴った。表示されたのは両親の名前だ。史人はぐったりと肩を落とした。無視するわけにもいかず、電話に出る。

『史人？　もう、あんた全然出ないから』

着信履歴に実家の電話番号があるのは、何度か確認した。けれど、会社にいるときには出られない。家に帰ると深夜だし、折り返す時間帯でもなかった。疲れて忘れているせいもある。

「ごめん、仕事忙しくて」

『家の電話にも掛けたのよ。けど、いつも留守だから』

「うん、ごめん」

『あんた、今まで仕事だったの？　そんなに忙しいの？　ちょっとおかしいんじゃないの、あんたの会社』

「いや……うん、ちょっと最近忙しいだけで」

『本当に？　この間ひどい会社があるってテレビでやってたけど、そういうのじゃないの？　あんた、声に元気が全然ないけど』

母親は鋭い。まさにその通りなのだが、そうだとは言えなかった。

「大丈夫、今日は忙しくて疲れただけだから」

『それならいいけど……』

母親は少しの間黙っていた。やがて、言いにくそうに口を開く。

「ねえ、何度も言って悪いんだけど……こっちに帰ってくる気は全くないの？」

その話は、ここ数ヶ月の間で何度か持ち掛けられていた。

史人の実家は梨《なし》農家だ。両親と祖父母、繁忙期のサポートだけで続けている小さな梨園だが、祖父が倒れてからは帰ってきてほしいと言う話を何度かされていた。

両親のことはもちろん心配だ。史人は一人っ子で、他に後継者はいない。大学の時、両親はしたいことをすればいいと史人を東京に送り出してくれたけれど、歳を取るに連れて、梨園の行く末についての不安を口にするようになった。それまで言わなかっただけで、内心ではずっと、史人が梨園を継いでくれることを期待していたのかもしれない。

史人にしても、今の仕事が長続きするとは思っていなかった。おまえは向いてない、営業なんてやめろと、事あるごとに上司に怒鳴られている。残業だらけで休日もほとんど休めず、疲れ切っていて、史人は限界を感じていた。

東京という場所自体には何の思い入れもない。大学で田舎から出てきたのは、正直、梨園を継ぐのが嫌だったからだ。梨園の仕事がどうのと言うよりも、初めから道を決められている、選択肢のない状態が嫌だった。自分なりに違う世界を見てみたかったのだ。

けれど、出てきた東京で史人が知ったのは、どこに住もうが何も変わらない、何もできない小さな自分だった。

田舎の両親のことを考えると胸が痛む。両親が心血を注いで手入れしている梨畑よりも、今の仕事が大事だろうか。本当にそうだろうか。

自分にそう問いかける時、必ず浮かぶのは彰二の顔だ。彰二と離れるなどと、これまで考えたこともなかった。だがもし、史人が田舎に帰ってしまったら、彰二はどうなるのだろう。

母親は耳元で、これからの不安を繰り返している。

「うん……うん。それは……そうだけど。今はどうしても俺……」

いつも、同じような曖昧な返事しかできないことを申し訳なく思う。

その時、突然玄関のドアが乱暴に開いた。史人の前に顔を出した彰二から、ぷん、とアルコールの匂いが鼻を突く。やはり今日も飲んで帰ってきたようだ。

「ごめん、うん、また電話かけるから……うん」

母親の電話を強引に切る。

「誰だ？」

「別に、なんでもない」

実家に帰ってこいと言われていることを彰二に知られたくなくて、適当に誤魔化した。

「また、いつもの店？」

「悪いか？」

彰二はじろりと史人を睨み下ろしてきた。目が据わっている。

「悪くはないけど……」

アシスタントを辞めてしまってから、彰二は以前にもましてだらしがなく、いい加減になってしまった。家にいる時も昼間から酒ばかり飲んでいて、やめろと言うとひどく怒って怒鳴る。アルコール依存を疑う剣幕だ。酒が入っていると言っても、以前の彰二は頻繁に大声で怒鳴り散らすようなことはしなかった。そんな彰二を見ているのはつらくて、最近では家に帰った時に彰二がいないと、ホッとすることが多くなってしまった。

彰二は史人の手にしている携帯を、不審そうな目で睨んでいる。

「おまえ、最近なんかこそこそしてないか」

「してないよ」

「本当か？」

「本当だよ、どうして」

彰二はふん、と鼻を鳴らした。

「まあ、そうだよな。俺みたいな男よりもっとマシな奴、いっぱいいるもんなあ」

「やめろよ」

何を言っているのだろう。彰二以外の人なんて、これまでの数年間、一度だって考えたことはないのに。そんな言葉を簡単に投げつけられることが、怒りを通り越して悲しかった。

彰二は黙り込んだ史人を置いて、耳をぴんと立ててこちらを窺っているみぃに近づいていく。

「みぃ」

「あ、ダメだ、そんな酔っぱらって猫に近づいたら！」

史人は慌ててみぃを引き寄せた。ケージに入れて鍵をかける。

「…っだよっ」

小さく舌を打つ彰二を、史人は無視した。

心がささくれ立つ。これ以上、彰二の顔を見たくない。

いや、本当は見たい。向かい合って話がしたい。なのに、こんな風に擦れ違ってしまうことが、悲しくて仕方がなかった。

会社の帰り道に、二十四時間営業の整体があると教えてくれたのは隣の席の同僚だった。駅にも近く、これなら最終に間に合うように帰れそうだ。史人は動かない首のせいでロボットのようにギクシャク歩きながら、なんとか教えてもらった整体に行ってみた。雑居ビルの三階にある店は、風俗かと見間違うような作りだったが、中は小奇麗で、施術者も男性だった。

「体中硬くなってますね」

施術台にうつ伏せになり、目を閉じる。足の裏や腰骨、腕など全部を解しながら、中年の男性施術者は言った。

「ストレスも原因ですからね」

「はあ……」

一言だけ答えた後、史人はあっという間に意識を失い、目覚めた時には施術が終わっていた。たったの一時間だが、久しぶりにぐっすり眠った。気分も幾分、すっきりしている。

料金を支払おうと財布を覗くと、一時間の料金がぎりぎり払えるくらいの現金しか入っていなかった。昨日見た時にはもう少しあったはずだ。また、現金が抜かれている。

せっかく解してもらい、軽くなったはずの身体が、ずんと重くなる。

家に帰ると、珍しく彰二がいた。部屋にはアルコールの匂いが充満している。テーブルにはビールの空き缶が何本も残され、床にも数本転がっていた。その中に、彰二が片肘をつきごろんと横になっている。その姿を見た瞬間、言葉がするりと滑り出た。

「なあ、俺の財布。お金がなくなってる」

彰二の眉《まゆ》が、ぴくりと動いた。

本当は、彰二が史人の財布から現金を持ち出していることは、すぐに気付いたのだ。彰二は相変わらず毎日酒を飲んでいるが、史人は飲み代を渡していない。その金がどこから出ているのか、考えればすぐに分かることだ。けれど彰二が史人から何かを盗むなんて、考えたくなかった。

彰二はへらっと口の端を引き上げて笑った。

「いいだろ、ちょっともらっただけだ」

「ちょっととか、そういうことじゃないだろ」

「じゃあ、どういうことなんだ?」

分かっているくせにはぐらかす。最近の彰二は、何を言ってもまともに返事をしない。茶化したり逸らしたりするばかりで、史人と話をするつもりなんか少しもないのだ。

彰二は道化のような奇妙な笑い顔を張り付けている。そんな顔は見たくない。史人はもう話をする気にならず、いつものようにみぃの食事の準備をしてから、スーツを着替えた。整体に行ったから少しは楽になったが、まだ首は動きにくい。

その時、すっと背後に人の気配がした。振り向くと、彰二の酒臭い息がかかる。

「なあ、怒ったのか？」

いやらしく腰を抱いてくる彰二の手を、ぐいと引き剥がした。とてもじゃないが、そんな気分じゃない。首も痛いし、何より今は、彰二の顔を見たくない。触られたくもなかった。

「そんな怒んなって。ちょっと借りただけじゃん。今度返すから。な？」

再び史人を引き寄せ抱きすくめながら、機嫌を取るように適当なことを言う。いつもなら聞き流したかもしれない。だが、そんな言葉を聞くのも嫌だった。

「離してくれ」

「いいだろ、溜まってんじゃね？　最近やってないもんな？　抱いてやるからさ」

「いい。俺、調子悪い」

目も合わせずに言って、彰二の腕を外させようともがく。

「なんだよ、いいじゃん」

「いやだってっ！」

強引な腕に抵抗していると、不意に彰二の動きが止まった。離れようとすると、首筋に鼻を押しつけ、くん、と嗅いでくる。

「おい」

彰二の声音が変わった。史人は身体を固くする。

「なんだよ、この匂い」

怒気の混ざった低い声で詰め寄られて、史人はたじろいだ。何をとがめられているのか分からなかったからだ。

「え?」

彰二は史人の首根っこを捕まえると、もう一度匂いを嗅いだ。

「どこでつけてきた?」

「何のことだ? 分からない」

本当に何のことか分からなかった。何か匂いがするのだろうか。少し考えて、整体でお香のような匂いがしていたことを思い出した。顔にかけられたホットタオルにも、同じ匂いがした。

「もしかして」

史人が言い出す前に、思い切り床に引き倒された。突然のことで受け身も取れず、後頭部を強《したた》かに床に打ち付けてしまう。首に激しい痛みが走り、ぐわんと頭が揺れた。目が回る。

何が起こったのか理解する前に、彰二が身体の上に伸《の》し掛かってくる。

「な、何……何」

「おまえ、やっぱり男がいるな」

彰二の声が聞こえた。何を言っているのか分からない。ようやくめまいが収まって、ずれかけた眼鏡の隙間から、伸し掛かっている彰二の顔を見た。

「おかしいと思ってたんだ、こそこそ電話してやがるし」

彰二の形相はいつもと完全に変わっていた。鬼のように険しい顔をしている。

「待てよ、何言ってんだよ?」

「女じゃないよな。おまえ女ダメだもんな」

「何言ってんだよ、本気か? そんな相手いるわけないだろ、整体に行ってきたんだ、首が痛くて」

事実なのに、言い訳のように口にしなければならないのが情けない。疑われていること自体が我慢ならなかった。

「退《ど》いてくれ、俺本当に疲れてるんだ」

頼んでいるのに、彰二は退く気配もない。険しい表情が暗く淀《よど》む。

「……そうだよな。そりゃそうだ。俺みたいなクズと一緒にいたくねえよな。愛想もつきるってもんだ」

「だから、誤解だっ!」

こんな不本意な弁解をしたくない。欠片《かけら》もないことを疑われたくない。心がボロボロになる。破れて散り散りになる。やりきれない思いでいっぱいになり、史人は口唇を嚙み締め、彰二から顔を背けた。

　彰二が小さな声で、ふうん、と呟いた。退いてくれるのだろうかと期待した次の瞬間、髪の毛を摑まれて、ぐっと床に押しつけられた。

「痛っ」

　ただでさえ動きにくい首を後ろに反らすようにされて、首から肩に激痛が走る。

「本当かどうか、確かめれば早いよな」

　不穏な暗い声に、背筋がぞっとした。力ずくでズボンを下ろされ、史人は精一杯暴れた。彰二もムキになっていたが、史人も絶対に譲りたくなかった。足をこれでもかとばたつかせ、勢いに任せて彰二の肩を強く蹴り上げた。彰二は思ったよりも簡単に背後に倒れた。史人はズボンを穿《は》きながら立ち上がる。

　倒れ込んだ彰二が史人をぎろりと見上げた。血走った眼の奥には怒りが見える。そんなに腹が立つのだろうか。史人が素直に受け入れなかったから？　蹴とばしたから？　それとも、本気で浮気を疑っているのか。

　彰二は何度も立ち上がろうとしているが、足元がおぼつかず、すぐに座り込んでしまう。動いたことでアルコールが急に回ったのかもしれない。

　満足に動くこともできない彰二を見ていると、無性に悲しくなってきた。こんな無様な彰二を見ているのはつらい。

分からない。もう何も分かりたくなかった。

彰二はやっと立ち上がったかと思うと、不安定な足取りのまま、史人に背中を向けた。リビングに出しっぱなしになっていたカメラが足に当たり、石ころのように転がる。彰二が出て行く音を聞きながら、史人は転がったカメラを見つめた。

あんなに大事にしていたじゃないか。もういらないのか？　興味がないのか？

アシスタントを辞めたあの時、責めた史人が悪かったのだろうか。慰めて、もう一度頑張ろうと言ってやればよかったのか。

彰二に蹴飛ばされたカメラが、自分と重なる。カメラも史人も、もういらないと言われているようで、無性に悲しく、寂しい。

静まり返った部屋に、みぃのか細い声が響いた。首がズキズキと痛んで、振り返るのも億劫だ。

「……びっくりした？　みぃ」

独り言のように呟くと、みぃは返事をするように、もう一度小さく鳴いた。

それから二日間、彰二は家に帰ってこなかった。とは言っても、史人は仕事で日中は家にいない。その間に彰二が戻ってきているかどうかは分からなかった。だが、彰二の顔が見えない二日間は平穏で、史人はゆっくりと眠ることができた。

携帯に電話がかかってきたのは彰二の顔を見なくなって三日目の夜だ。史人は仕事帰りで、重い足を引き摺《ず》るようにしてやっと家に帰りついたところだった。

『あ、彰二の家の人?』

彰二の携帯からかかってきたはずなのに、聞こえたのは知らない若い男の声だった。史人は息を飲んだ。一瞬、彰二が何か大変なことに巻き込まれてしまったのかと、最悪な事態を想像した。

『俺、彰二の知り合いなんだけどさ、ちょっと迎えに来てくれないかなあ』

ドクドク鳴り続ける心臓を持て余しながら、史人は震える声を押し出した。

史人はスーツのまま、すぐに言われた店に駆け付けた。雑居ビルの一階にある狭く薄暗い店は、彰二がしょっちゅう飲みに行っている店だ。場所は知っているが、史人は直接訪れたことがなかった。

「ああ、史人さん?　これこれ」

店内に足を踏み入れると、カウンターの端で、ふわふわとした茶色い巻き毛の可愛らしい男性が手を上げた。これ、と物のように指差された下に、カウンターに突っ伏した彰二の姿があった。

「ほんっと困ってんの。連れて帰ってよ？」

史人は気おくれしながらも、酔い潰れた様子の彰二に近づいた。

「あの、いつからここに……」

「今日は開店からずっといるよ。もうくだまいちゃって面倒くさいの。昨日は俺んちに転がり込んできてさ、ほんと邪魔だったんだから。置いて帰るにしても、マスターにも悪いしさあ。彰二の携帯勝手に探って、あんたに電話かけたの」

ね？　とカウンターに入っている髭を生やした中年男性に小首を傾げてみせる。この男性がマスターらしい。

「あの、名前は」

「俺？　ハルでいいよ」

「彰二は、ずっと君のところに……？」

「え？　違う違う、昨日だけ。家に帰ってなかったの？」

史人は返事ができなかった。仕草も見た目も華やかなハルという青年に、彰二が三日間も家を空けていることを言いたくなかった。

「あれじゃない、なんか友達んとことか転々としてたんじゃない？　わかんないけどさ」

ひょいと肩を竦めてハルは言う。

「あんたも大変だね、こんなのの世話ずっとしてんでしょ？　別れた方がいいんじゃない？　楽になるよ～。なーんて冗談……」

言いかけていたのを、ハルは途中で止《や》めた。史人は無意識に睨んでいたハルから視線を引き剝がし、マスターに顔を向けた。

「すみません、支払いは」

見せられた伝票の額を財布から取り出していると、マスターが口を開いた。

「あなたに言ってもしょうがないかもしれないけど、彰二君のツケがまたかなり溜まってきてるからね」

財布をしまう手が一瞬止まってしまった。史人はマスターに深く頭を下げた。

「すみません、必ず払わせますから」

史人は急いで彰二に近寄ると、酔い潰れて動かないのを何とか揺すぶり起こした。唸《うな》り声を上げるのに構わず、上半身を支えるようにして強引に立ち上がらせる。潰れられたら史人には抱えきれないが、彰二は何とか自力で歩いてくれた。

「すみません、お世話になりました」

店内に向かって頭を下げると、ハルという青年の「ごくろーさん」という軽い声が聞こえて、史人はムッとしながらも店を出た。

何とか歩くことはできるが、家までの十分の距離を、泥酔した彰二を連れて歩くのは無理だ。仕方なくタクシーを呼んで乗り込んだ。

タクシーの中で、ハルという青年の軽やかな声を思い出していた。あの男は史人が彰二と付き合っていることを知っていた。彰二は彼にどんな話をするのだろうか。家に泊まって、一緒に飲み歩き、愚痴を言うほど仲がいいのだろうか。

マンションにはあっという間に着いたが、再び眠り込んでしまった彰二を五階まで連れて上がるのも一苦労だった。酔った彰二は重く、少しも思い通りにならない。何とか部屋に上げ、ベッドに寝かせる頃には、史人は体力を使い果たしていた。

ベッドの下にぐったりと座り込んだ時には、スーツはよれて皺だらけだった。風呂に入るのも億劫で、動こうにも身体が動かない。部屋は冷え切っていて、暖房をつけたいのに指一本動かすのも面倒くさかった。

それから数時間、史人は座ったまま眠り込んでいたらしい。身体の痛みで目を覚まし、顔を上げると、ベッドの上で彰二の目がぱっかり開いていた。心臓が止まりそうなほど驚いた。

「彰二……」

「俺、いつのまに帰ってきた?」

嗄《か》れた声で彰二がぽつりと尋ねた。

「さっき、俺が連れて帰ったよ」

「どこから」

「彰二の行きつけの店」

「迎えにきてくれたのか？」

「うん」

「マスター、なんか言ってた？」

「何にも言わないよ」

うまい嘘などつけたことがないのに、簡単にそんな言葉が出てきた。

リビングの明かりで、薄暗い中でも彰二の顔がはっきりと見える。無精ひげを生やした、だらしない顔だ。生気のない目の下は、濃いクマで縁どられている。本当は二枚目なのに、台無しだ。

「金、勝手に持ってってごめんね」

ぽつりと彰二が言った。

「……うん」

「俺のこと、嫌いになった？」

返事ができない。黙っていると、彰二が吐息みたいに掠れた声で呟いた。

「おまえ、俺と付き合わなきゃよかったね」

「なんでみんな同じ格好してるんだ？」

駅のホームで突然見知らぬ青年に話しかけられた時、史人《ふみと》はびくりと怯《おび》えてしまった。就職活動中の地味なスーツを身をまとい、重い鞄《かばん》にたくさんの資料を詰め込んで、その日、史人は駅のホームに座り込んでいた。

*

大学三年の秋だった。なかなか内定が貰えず心の中は焦るのに、気力は日に日に落ちていく。史人に夢はなかった。目標もなかった。ただ周りの人間と同じように、就職先を探していただけだ。

その日はエントリーしていたはずの会社に、名簿がないと言われた。そんな筈《はず》はなかったのに、史人のミスか向こうのミスか。

そんなことはこれまでの人生で幾度となくあった気がする。個性がなく、地味で目立たない存在の史人。そこにいるのに、「いたの？」と言われることの多かった日々。いつまでも名前を覚えて貰えない人生。同じクラスでも、史人の名前を知らない人間の方が多かったかもしれない。

平日の昼間、面接してもらえずに帰る途中で、突然電車に乗っているのが嫌になってしまったのだ。電車を降りてホームから行き交う人を眺めていると、動いている人間をただの風景のように感じた。そこに感情はない。きっと自分も、この感情のない景色の中の一部だ、模様と一緒だ。模様の一つにどんな思惑があろうと、何も関係ない。誰も興味がない。

「なあ、就活って楽しい？」

間近から聞こえた声に驚いて、史人は声のした方に顔を向けた。隣には若い男が座り、史人の方をじっと見ている。ぼんやりしていたから、人がいることにも気付かなかった。

「就活だろ、その格好って」

男は再び聞いてくる。

史人はごくりと唾《つば》を飲み込んだ。茶色く染めた頭に、履き古して膝《ひざ》が割れたジーンズ、ラフに着崩したシャツ、耳にはピアスがたくさんついている。

一目で、史人とは違う人種だと分かる。これまでの人生で、史人はこういう人種と関わったことがない。例えばクラスの中心で目立っていて、友達も恋人もいるタイプ。言いたいことははっきりと言い、地味すぎる史人の存在など気付きもしないタイプ。そんな男が自分に話しかけているというだけで、緊張するには十分だった。

「なあ？」

答えない史人に、男はさすがに不審そうな顔を向けた。

「は、はいっ」

思わず素《す》っ頓狂《とんきょう》な大声で返事をしてしまった。変に緊張してしまったことが恥ずかしくて頬が熱くなる。男は目を丸くしたかと思うと、次の瞬間ふにゃりと笑った。

「変な声」

目尻が下がり、派手な印象が少し和らぐ。笑うと幼く見えるのが、意外だった。

それが彰二との出会いだった。彰二はその時夜通し遊び、朝帰りならぬ、昼帰りしていたらしい。

「死にそうな顔してたから、声かけてみた」

彰二は後でそう言った。

「同じようなスーツ着た奴がいっぱい電車乗ってくのに、あんた乗んないからさ。ま、気が向いただけ」

彰二は軽い調子で言ったが、その気が向いただけの一言が、史人の人生を変えたのだ。

二回目に彰二に会ったのは夕方、面接の帰りだった。大小幾つもの工場が建ち並ぶ町を、史人は駅へ向かって歩いていた。日が落ちる直前の町はまだ明るく、辺りは金色の光に染まっていた。スクラップが山のように積み重なった工場の横を通りかかった時、数メートル先にカメラを構えた青年が立っていた。茶色い髪に古びたジーンズを穿《は》き、重そうなカメラを

両手で支えている。他には民家しかないような町で、派手な身なりの若い男がカメラを構えている光景は、どこか異質に映る。側を通ろうとした時、男の方もようやく史人に気付いたのか、慌ててカメラを下ろした。まるで悪事を誤魔化《ごまか》してでもいるように、カメラを身体《からだ》の後ろに隠してしまう。

現れた彼の顔を見た瞬間、史人は気付いていた。数日前、駅で話しかけてきた男だ。史人は彼のことを強烈に覚えていた。整った明るい容姿や、物怖《ものお》じしない軽やかな話し方、全てが史人とはかけ離れている。あんな男に興味を持たれたこともなかったし、話しかけられたこともなかった。相手にとってはきっと些細《ささい》な気まぐれでも、史人にとっては忘れられない出来事だったのだ。

彼は史人のことを覚えてなかったようだ。史人の視線を不審に思ったのか、そそくさとその場を立ち去ってしまう。駅のホームで会った時は堂々として見えたのに、背中を向ける姿がやけに自信なさげなのが意外だった。

史人は彼が自分を忘れていることに内心落胆していた。もっとも、史人のようにどこにも特徴のない人間のことなど、覚えていないのも無理はない。これまでにも、いるかいないか分からないほど存在が薄いと何度も言われたし、誰かの特別であったこともない。なのにその一瞬、彼が自分を覚えていてくれることを期待してしまったのだ。

辺りには人気がなく、工場からは金属音のような物音だけが聞こえてくる。

立ち去る彼の背中を見送っていると、ふと彼が背中にしょったバッグから、何かが滑り落ちるのが見えた。彼は気付かず、ずんずん先へ歩いていく。

これはチャンスだと思った。彼ともう一度話ができるかもしれない。史人は走り出した。落ちた物を拾い上げてみると、茶色のパスケースだ。

「あの！」

駆け寄って声をかける。振り向いた彼に、パスケースを差し出した。

「これ、落としたから……」

「ああ……あんがと」

彼は少し驚きながらも受け取った。

だが、渡してしまうと話すことは何もない。

やっぱり、落とし物を渡したくらいで話なんかできないか。

「じゃ、じゃあ……」

「あ？」

肩を落として立ち去りかけた時、彼が何かに気付いたような声をあげた。

「あんた、どっかで会った？」

史人は間髪入れず、力一杯頷《うなず》いた。

駅に着いた頃には、既に日は落ちかけていた。

ホームで電車を待ちながら、史人は隣に立つ背の高い男を見上げた。史人より二十センチは高そうだ。骨ばった顎《あご》のラインが男っぽく、目が大きく、よく見るとまつ毛がとても長かった。茶色い髪の毛が顔の半分を隠しているので片方の目は見えにくいが、相当二枚目だ。

「すっごい見るね」

男が前を向いたまま茶化すように言う。史人ははっと視線を外した。

「すみません！」

肩をすくめて小さくなる。つい不躾《ぶしつけ》にじろじろ眺めてしまった。

彼は工場で落とし物を渡した史人に、帰るなら駅まで一緒に行くかと言ってくれた。こんな風に隣を歩き、話ができるなどと思ってもいなかった。勇気を出して声をかけてよかった。

「やっぱその格好なんだ？」

スーツを指して、彼が言う。

「あ、はい。やっぱり俺、これしかないし」

史人は緊張していた。元々、見知らぬ人とうまく話ができるタイプではない。

「あの、何を撮ってたんですか？　工場？」

彼が手にしているカメラを指して、問いかけてみる。彼はひどく言い難そうだ。

「工場……好きで」

決まり悪そうに話す表情は、派手な容姿に何となくそぐわない。さっき見た、自信のなさそうな後ろ姿を思い出す。

「工場が？」

「……ダセーだろ、笑っていいぜ」

「え？　何かおかしい？」

本気で分からなかったので素直に聞き返すと、彰二は意外そうな顔をした。

「好きなものあるの、かっこいいと思います」

「工場でもか？　オタクっぽくねーか？」

「どこが？　俺ちょっと、よくわかんないですけど」

思ったことを正直に口にした。彼は目をぱちぱちと瞬かせ、やがて少しだけ口元を綻《ほころ》ばせた。

「ま、ならいいんだけどさ」

表情を崩してくれたのが嬉しくて、史人もとりあえず笑った。

「つうかさ、あんたなんで俺に敬語使うんだ？」

なんでと言われても初対面に近かったし、お互いのことをよく知らない。それに、何となくだが相手の方が年上のような気がした。そう言うときは敬語を使った方が無難だと思っただけだ。

「就活してたってことは、あんた三年くらいだろ？　俺一年だぜ」

「え、一年っ？」

史人は改めて彼を見上げた。大人っぽく見えていたが、そう言われれば綺麗《きれい》な肌や首筋に、少年らしさの名残があるようにも思える。

それにしても、こうして正面から見るとやはり華やかな容姿をした男だ。見た目は人間の全てじゃないけれど、史人のように顔も性格も平板で地味な男からすると、やはり違う世界の住人のような気がしてしまう。

「あんたさあ、分かり易すぎじゃない？　そんなんで大丈夫？」

彼が突然言った。

「え、何のこと？」

彼はきょとんとした顔で史人を見つめた。

「ほんとに分かってないのか？」

その時の史人は気付かなかったが、後になって思えば、彰二に惹《ひ》かれている気持ちが、目や態度から、だだ漏れだったのだ。

史人は女性を好きになったことがなかった。恋愛経験自体がほとんどなく、ただ、同級生の男子に憧《あこが》れたことが数回ある程度だ。同性愛者であることは何となく自覚していたけれど、それをつらいと思うほど、誰かを好きになったことがなかった。

だが史人のぼんやりとした性的な指向は、彰二に会ったことではっきりと定まった。彰二にあっという間に引きずられ、気がついたら彰二のことしか考えられなくなっていたからだ。

その後、名前を教えてもらい、別れる間際に連絡先の交換もした。彼が史人と同じ沿線上に住んでいることが分かり、彼と知り合えたことが、まるで運命のような気すらした。ついさっきまで肩を落とし、この先どう生きていけばいいのかと、虚無感に襲われていた史人の前に、新しい風が吹き付けてきたのだ。史人はその風に夢中になった。初めて自分を「史人」と親しげに呼んでくれた男に、心を一気に奪われてしまった。

お互いのアパートを行き来するようになるまではあっという間だった。彰二は大学一年だと言ったが、学校は休みがちでアルバイトばかりしていた。その時の史人は、授業を休んだり朝まで遊んだりしている彰二のことを、格好いいとさえ思っていた。自分には絶対できないことをする彰二に、憧れていたのだ。

彰二は自分でアルバイトをして買ったという一眼レフを大事にしていた。撮影旅行に連れて行かれたこともある。鈍行を幾つも乗り継いで西に下り、大きなコンビナートの夜景を見ようと言うのだ。

「子供の頃見たんだ、凄《すご》く綺麗だった。宝石箱みたいにきらきらしてた。他のコンビナートも見に行ったけど、あの時見たあれが一番綺麗だったと思うんだ。大人になった今見てもそう思うのかな。子供だったからか？　なあ、どう思う？」

夜通し乗った列車の中で、彰二が目を輝かせて語ってくれたことを、今でもはっきり覚えている。

だがその時は、ホテルに着いた途端二人とも疲れて眠ってしまい、起きたら朝方だった。史人は面接が一件入っていたからもう一泊することはどうしてもできず、泣く泣く一人で東京まで戻った。だから、史人は結局彰二と一緒にコンビナートの光を見ることはできなかった。

「今度一緒に行こう。俺が子供の頃見たコンビナート。絶対連れてってやるから」

そう言ってくれた彰二に、史人は胸を高鳴らせた。彰二の思い出の中に、史人も混ぜてもらえるのだろうか。これから先だけではなく、過去の彰二の側にも自分を置いてくれた気がして、嬉しくてたまらなかった。

あれから何年も経《た》ち、あの楽しかった日々は既に史人の記憶の中にしか存在しない。結局、彰二の思い出のコンビナートに行くこともなかった。

あの日々が戻ってくることはもうないのだろうか。いつかまた、きっとまたと思いながら毎日過ごしてきたけれど、夢見ているのも信じているのも、史人だけだ。彰二はきっと、あんな昔の約束は忘れている。

彰二は再び目を閉じ、ベッドの上で静かな寝息を立てていた。子供のように安らかな寝顔だ。不意に、膝の上に置いた手の甲を濡《ぬ》らしたものがあった。ぽたりぽたりと小さな音を立てて落ちていくそれが自分の涙だと気付くまで、史人はぼんやりと彰二の寝顔を見つめていた。

＊

見慣れたバーの風景がぼんやりと霞《かす》んで見える。頭が朦朧《もうろう》としているのはアルコールの所為《せい》か、それとも既にどこか壊れているのかもしれない。

彰二は薄茶色に揺れるグラスの中身を呷《あお》ると、カウンターに頬杖《ほおづえ》をついた。からんとドアの開く音がして、暖まった店内の温度が一瞬だけ下がる。

「さっむい！」

まったりした店の雰囲気を一気にかき混ぜるような明るい声がしたかと思うと、彰二の隣の席がガタンと動く。

「クリスマスが終わるとなんか一気に切ないよね、年末って感じで外がざわついててさ。俺年末って嫌い、なんかすごく寂しくなるんだもん」

見なくても、声と口調で誰だかはっきり分かる。ハルだ。彰二は隣に背中を向けるようにして、頬杖を突き直した。

「あーあ、荒《すさ》んでるねえ。マスター、この人まだ懲りないの？」

彰二のことを言っているのだろう。マスターがどういう返事をしたのかは分からないが、どうせ呆《あき》れた表情を浮かべていることは想像できた。彰二はちっと小さく舌を打った。

「なあ、もうやらないの？　カメラマン」

カメラマンじゃない。カメラマンのアシスタントだ。雑用だ。心で思っただけで答えずに、彰二は再びグラスを呷った。

「俺、内心カッコいいと思ってたのになあ」

「うそつけ」

馬鹿にしていたくせに、悪びれもせずそんなことを言うので、つい言い返してしまった。

「本当だって。彰二っていっつもふらふらして、何がやりたいんだかわかんないような奴だと思ってたからさ、好きなことあるんだなって、ちょっと見直したというか」

「……悪かったな、ふらふらしてて」

ハルの言うことなどいちいち本気にはしない。だが、痛いところを突かれてしまい、憎まれ口の勢いも弱くなる。

アシスタントをクビになってから、何もかもにやる気が起きなかった。以前はあった、何かしなければいけないという危機感も、どこかに忘れてきたようだ。何もせずにいると一日が暇で仕方がなく、時間が余ると考えたくないことが頭に浮かび、気分が塞《ふさ》いでくる。それを何とかしようと家で飲み、酔っ払うと史人と衝突し、家にも居づらく、やはりこの店に来る。この間など、彰二は覚えていないが、史人にここまで迎えにこさせてしまったらしい。

「ねえ、彼氏。真面目そうな人じゃん。彰二にはあんまり似合わないような人だよね」

「見たのか？」

「ここに来たからね」

そう言えばあの日、最初は、ハルと飲んでいたのだ。自分のテリトリーを史人に全て知られてしまったようで、ひどく居心地が悪い。

「いい人そうだったなあ。あんないい人だと、困っちゃうね。可哀想《かわいそう》になあ」

分かったようなことを言うハルに苛立《いらだ》って、彰二はグラスを呷った。

「だってさあ、普通捨ててるって。こんな、毒にはなるけど何の薬にもならないような男、食わせてんだもん。こんだけ飲んでたら絶対あっちの方だって役立たず……」

「うるせえっ！」

黙っていられず、とうとう怒鳴って振り返った。

「図星？」

ハルは少しも怯《ひる》んだ様子がなく、冷めた目で彰二を見返してくる。小奇麗に整った顔の中で、目だけが鋭く彰二を突き刺していた。背後にいたテーブル客が、しんと静かになった。

「俺、親切で言ってあげてんだけど」

「……余計なお世話なんだよ」

「彰二さ、自分に一体何があると思ってんの。俺から見れば、彰二にあるのはあの物好きな恋人だけだよ。あの人いなくなったらどうすんの。疲れた顔してた。本当にいなくなっちゃうよ」

いつにない真摯《しんし》な目つきで諭《さと》すように言われて、彰二の勢いも萎《な》えてしまう。知ったように言うなと言い返したいのに、言葉は一つも出てこなかった。結局、その場に居づらくなってしまい、彰二は逃げるように店を出た。

今年もあと数日で終わるという時期、夜の街はいつもより人通りが減り、ネオンの数も少ない。街のイルミネーションもざわめきも彰二には遠く、全く意識せずにいるうちに、クリスマスはいつのまにか過ぎていた。冷たい空気に白い息を吐き、彰二は背中を丸めた。

家に戻ると、史人は帰っていなかった。暗い部屋に明かりをつけると、ケージの中でみぃが毛布に埋もれているのが見える。

「みぃ」

呼んでも返事がない。不安になって近づき覗《のぞ》き込むと、毛布の中から顔だけを上げ、耳をピンと立てる。たった今まで寝ていましたと言わんばかりのぼんやりした顔をしていた。

「おはよ」

話しかけるとミーと小さく鳴き、みぃは再び頭を落とした。しばらくすると、ぷっくり出たお腹《なか》が呼吸とともに上下に動きはじめる。

冷たい部屋に暖房をつけ、彰二はいつもより散らかっている部屋の中を見渡した。使いっぱなしのマグカップに、脱いだまま放り出された部屋着、食べ終わったカップ麺。全て彰二が散らかしたのだが、綺麗好きの史人ならば、必ず片付けるはずのものがそのままになっている。この部屋はいつからこんな状態だったろう。

彰二は時計を見上げた。そろそろ日付が変わるというのに、史人はまだ仕事をしているのだろうか。大体、こんな年末になってさえ休まないのか。

雑然とした部屋に座り込んでいると、不意に部屋の静けさが増したように感じられた。年末は寂しいと言ったハルの言葉を思い出す。

『あの人いなくなったらどうすんの』

そんなことは、他人に言われるまでもない。史人は彰二にいつ愛想を尽かしてもおかしくない。その証拠に、最近史人は心ここにあらずといった様子で、よく携帯を気にしていた。一緒にいても、彰二を全く見ていないのは肌で分かる。もしかして本当に男がいるのかもしれない。

だとしても当たり前だ。彰二自身、こんな自分にうんざりしている。だがそれならば、これまでに別れていてもおかしくなかった。愛想を尽かすならとっくに尽かしているはずだ。それでも一緒にいるのは、史人が彰二を好きだからだ。

暖房はなかなか効いてくれず、部屋はいつまでたってもしんしんと冷える。着替えるのも億劫《おっくう》で、彰二は上着だけを脱いでそのままベッドに潜り込んだ。一人で寝ると足先が冷える。いつもなら、夜中に家に帰ると史人は大抵先に寝ていて、ベッドは温まっているのだ。一人のベッドはこんなに寒いのかと、彰二は足先を擦《こす》りながら考えていた。

目覚めたのは、正午のサイレンが鳴り響く時間だった。暖房を点けたまま眠ったからか、部屋は生温かく乾燥している。暖房を切りシャワーを浴びると、重かった頭は幾分すっきりした。

部屋に史人の気配はなかった。昨日から帰っていないことが一目で分かる。

仕事で帰れなかったのだろうか。こういうことがよくあるのか、最近外泊が珍しくない彰二には、史人の仕事のことがよく分からない。

彰二はその日、どこにも行く気にならず、家でテレビを見たり居眠りしたりして過ごした。ぼんやりしているうちに一時間経ち、二時間経ち、あっという間に夕方になり、夜になった。

腹が減って冷蔵庫を漁《あさ》ったが何もない。仕方なくコンビニまで出かけ、ポケットに入っていた小銭でカップラーメンを買った。冬の夜は長く、空気は冷たく静かだ。コンビニからも街からも人が減っている。

家に帰っても、史人は帰っていなかった。あと数日で今年が終わろうという時に、こんなに遅くまで仕事をするものだろうか。携帯を取り出してみるが、史人から連絡があったら形跡はない。電話かメールをしてみようかとふと思う。だが、いつものように仕事をしているいるだけだとしたら、いきなり電話などするのも馬鹿馬鹿しい。彰二はすぐに携帯をしまった。

史人のスーツに気付いたのはその時だ。たった一着しかないグレーのスーツが、寝室にかけてある。

仕事ではない。それならばどこに行ったのか。

頭の隅に浮かぶ言葉がある。彰二はすぐさまその言葉を否定した。まさか、史人がいなくなるわけがない。彰二を置いて、出て行くわけがない。だが、実際昨日の夜から今日の夜まで帰ってきていない。仕事じゃないとすれば、実家に帰ったのだろうか。そうだとしても、何も言わずに帰るなんて変じゃないか。去年はどうだっただろう。その前は。

史人は最近様子がおかしかった。彰二が触れば嫌がるし、こそこそと電話をかけ、常にぼんやりとして何かを考えていた。

出て行ったのかもしれない。

もう帰ってこないかもしれない。

史人の荷物はまだ残っている。誰かの家に泊まっているだけかもしれないが、史人にそれほど親しい友人がいることを想像できない。考えれば考えるほど、やはり史人には他に男がいるのだと思えてくる。

時計の針の音がやけに耳障りで、見上げると夜の九時だ。針の進みが異様に遅く感じられる。一秒はこんなに長かっただろうか。一分経つのにどれだけ掛かるんだ。このままこの部屋で、朝まで時計の音を聞いていることなど耐えられない。

彰二は立ち上がった。だらしない部屋着のまま上着を羽織り、部屋を飛び出す。どこでもいいから、この部屋ではない場所に逃げ出したかった。

夜の街からは色が消え、昨日よりも一層静かだ。飲み歩く人間も少なく、開いている店もほとんどない。行きつけのバーに行くと、今日から休業と貼り紙があった。彰二はちっと舌を打ち、いつもは行かない風俗街まで足を延ばした。別に女が欲しいわけじゃない。ただこの不安を吹き消してくれるような、明るいネオンを見たかった。

ふらふらと歩いていると、耳に突き刺さるような女性の怒声が聞こえてきた。思わず声の方を振り向くと、派手な格好をした髪の長い女が若い男と揉《も》めていた。口の悪い女が一方的に男を罵《ののし》っている。逆もしかりだが、こういう場所を歩いているとたまに見る光景だ。男の方は坊主頭で、皮ジャンに太いジーンズを穿き、何となく一般人の感じがしない。女の方は茶色い髪の毛をこれでもかと巻いている。一目見て、水商売だと分かった。

「ついてくんじゃねーよっ！」

怒鳴り声は男顔負けだ。女は男を邪険に蹴ったかと思うと、振り向いてこちらに歩いてきた。関わり合うまいと早足で横を通り過ぎようとした時、運悪く目が合ってしまった。

女の顔を見た瞬間、何か記憶に引っ掛かるものがあった。どこかで見たことがあるような気がしたのだ。

「あー！、あんたあん時の！」

女が目を見開いて彰二を指差した。同時に、彰二も思い出していた。半月ほど前、彰二が仕事に遅刻したあの日、成り行きで家に泊めてもらった女だ。キャバクラから一緒にタクシーで帰り、そのまま寝入ってしまった。結果仕事に遅れ、クビになってしまったのだが。酔っぱらっていたが顔を見れば思い出した。細い目や滑らかな頬、分厚い口唇に特徴がある。美人とは言えないが、人を見る時に少し上向きに顎を上げる仕草が色っぽい、どこか印象的な女だった。

「どうも、こないだは世話になって」

あの日、結局彰二は女の顔も見ず、声もかけずにアパートを飛び出した。当然ながらその後も、連絡を取ってはいない。今、顔を見るまで忘れていたのだ。

「ねえ、カメラ。うちに忘れてったでしょう。返さなきゃと思ってたのよ。結構高価なものでしょ？　私が持ってるわけにいかないしさ」

言われて初めて、カメラのことを思い出した。史人の金で勝手に買ってしまったカメラだ。どこで失《な》くしたのかと思っていたが、あの日泊まった女の家に忘れていたのだ。

「ねえ、どうする？　取りに来る？」

「ああ、そうだな……」

考える素振りをしながらも、取りに行く気など少しも湧《わ》いてこない。あの日貰った給料は飲み屋のツケで消えてしまったし、今の彰二が稼ぐ術《すべ》はパチンコくらいしかない。自分には不相応な高価な買い物をしてしまったというのに、買ったものには微塵《みじん》も興味が持てないでいる。

「なあ、それよりさ……」

彰二は女にすいと身体を寄せた。

「飲みに行かない？　付き合ってよ」

女はひょいと眉《まゆ》を上げ、背後を振り返った。さっきの男はどこかに消えて、路上には誰もいない。

「いいよ」

女はあっさり頷いた。

「私も飲みたい気分だったんだよね。男と揉めて、面白くないし」

「さっきの人？」

「ううん、あれは違うの」

あんなに揉めていた男が相手ではないのなら、一体どんな相手と揉めるというのだろう。気にはなったが、何となく聞かない方がいいような気がした。

その後は、女の行きつけのバーに連れて行ってもらい、散々飲んだ。明るい女で、何を話しても笑い飛ばしてくれる。出会ったばかりの、自分に全く興味がない女。彰二の言葉を重く受け止めることもなく、説教もしない。おまえが悪いと言わない相手は楽だ。一緒にいても、自分を責めずに済む。許されているような気がする。久しぶりに解放された気分で、楽しい酒を飲んだ。最初からたかるつもりだったが、彰二が言い出す前に、女は気前よく彰二の分を支払ってくれた。

店を出た時には、深夜を随分過ぎていた。そろそろ帰ると言う女を、彰二は引き止めた。

「なあ、俺の部屋すぐそこなんだよ。来ない？」

「あ、なあに？　やらしいことしようとしてんでしょ」

「違う違う、一人でさみしーの」

女はしょうがないなと笑いながら彰二の手を取った。よく知らない女を連れて、夜道を史人の家まで歩く。酒がまわって、ふわふわしたいい気分だ。どうせ帰っても史人はいない。出て行ったのに違いない。一人ならば、誰を連れ帰っても構わないはずだ。

そう思う頭の隅で、史人は出て行ってなどいないと必死に否定する自分もいる。そして、そんなのどっちでもいいじゃないかと、酔った自分が全てを投げ出してしまった。

マンションに帰りついてドアを開けると、中は真っ暗だった。寒々しい部屋に人が入った形跡はない。身体からどっと力が抜けた。やはり史人はいなかった。思った通りだ。出て行ったのだ。博打《ばくち》に勝ったような気分だ。いや、負けたのか。

「なんかお酒回っちゃった……近いっていうから来たのに、結構歩いたじゃない～」

不満げに喚《わめ》いた女がしな垂れかかってくる。足元の怪しかった彰二は支えきれず、一緒に玄関に倒れ込んでしまった。

「いたーいっ、ちょっとお」

文句を言いながらも、女はきゃははと甲高い声で笑う。彰二も笑った。暗い上がり口に、知らない女と折り重なるようにして寝転び、笑っている自分を笑った。酔いの回った頭に、女の香水の匂《にお》いが強烈にしみた。

目を開けると、暗闇《くらやみ》に白い冷蔵庫がぼんやりと浮かび上がる。カレンダーと時計が見えた。逆さまに見た部屋は余所余所しく、ここは本当に史人と二年間暮らした部屋なのかと疑いたくなる。史人がいなければ、この部屋は冷たいだけの空っぽの箱だ。

みぃが驚いているだろうな、とふと思った。ごめんな、みぃ。

その時、がちゃりと鍵穴が回る音がした。ノブが引かれたが、元から鍵は開いていたのだから当然ドアは開かない。もう一度鍵が回された。

「……彰二？」

不審げな声とともに、ドアが開いた。

「うわ…っ、え？　彰二？」

彰二は寝転んだまま、暗い玄関口にぼんやりと浮かび上がる人の形を眺めた。しばらくして上がり口に明かりが点く。蛍光灯の真っ白い光が目に差し込み、彰二は眩《まぶ》しさに目を細めた。

「誰～？」

能天気な声を出しながら、彰二に伸《の》し掛かっていた体重がやっと退《ど》いてくれた。身体が軽くなり、彰二は息を吸い込んだ。ふらふらと立ち上がった女の向こうに、史人の顔が見える。見開かれた目は、信じられないとでも言いたげだ。

彰二もやっとその場に上体を起こすと、座り込んだままの女に言った。

「ごめん、やっぱり今日帰って」

「えー、なあに～？」

女は不満そうだったが、彰二と史人の空気を感じ取ったのか、結局「何なのよぉ」などと呟《つぶや》きながら部屋を出て行った。

彰二は額をごしごしと擦った。動くと頭ががんがんと鳴る。

「帰ってきたのか。出てったのかと思ったわ」

「……なんで出て行くんだよ、ここ俺の家だ」

「あーそうか、そうだよな。出て行くにしても俺の方か。すいませんね、居候してまして」

嫌味を言ってちらりと見上げると、史人の目は真っ赤に充血していた。

「……俺、二日ほど家空けるって言っただろ」

彰二は痛む頭を押さえた。そんなことを聞いた覚えはない。

「聞いてない」

短く言い放つと、史人は非難がましい目を向けてくる。

「……なんもしてねーだろ。酔っぱらって一緒に帰ってきただけだ、一人だと思ったんだ」

「……俺がいなかったから？」

「そうだよ」

「俺がいなきゃ、そういう風にするのか」

「ぐずぐず言うなようるせえな、なんもしてねーっつってんだろ！」

苛々して大声で怒鳴ってしまう。黙り込んだ史人に、怒鳴ってしまったこと自体が気まずくなる。

「おまえさあ、どこ行ってたわけ」

「ちょっと、友達んちに……」

「は？　友達？　おまえ友達なんかいんのかよ」

嘲《あざけ》るように言うと、史人は俯《うつむ》いた。どこに行っていたのかはっきり言わない史人に、頭に血が上る。

「男なら男って言えよな」

「違うっ！」

「いいんじゃねえの？　俺だっておまえが帰ってこなきゃ、さっきの女とやるつもりだったし」

勢いに任せてそう口走ると、史人の目が悲しげに沈んだ。彰二は奥歯を噛《か》み締めた。

何故こんなことばかり言ってしまうのだろう。今日も昨日も、一日中史人のことばかり考えていたのは、怒鳴ったり嫌味を言ったりするためだっただろうか。何かを間違えている気がするのに、どこから修正すればいいか分からない。

史人は相変わらず何も言わない。何か言いたげに黙ってしまうこの目が、いつも彰二を責めるのだ。彰二はこの目を見る度に、苛々して、逃げ出したくて、居ても立ってもいられなくなる。うるさい、どこかへ消えろと叫んで、突き放したくなる。身体の奥に窮屈な獣を飼ってでもいるようだ。

もうダメだと思った。これ以上史人の顔を見ていると、もっとひどいことを言いそうだ。

彰二は靴を投げるように脱ぐと、何とかその場に立ち上がった。おぼつかない足取りで、ふらふらとベッドへ向かう。

「彰二」

史人は珍しく食い下がってきた。彰二は無視する。

「彰二っ！」

背後から腕を掴《つか》まれて、カッとして乱暴に振り払った。次の瞬間、振り回した腕が史人の顔に鋭く当たってしまう。あっと思った時には眼鏡が飛んで、史人が呆然《ぼうぜん》とした顔をこちらに向けていた。

わざとじゃなかった。だが史人の目は彰二をきつく咎《とが》めている。強くはたいてしまった頬が、徐々に赤く染まっていく。

「……んだよ」

彰二は逃げるように史人から顔を背けた。

もう振り向けない。史人がここにいることが苦しい。耐えられない。史人は彰二に、自分の情けなさを突き付ける。最低なのは分かっている。全部自分が悪い。だからこれ以上、俺を見るな。

「別れるか？」

考える間もなく、するりと口から滑り出てきた。自分で自分の言葉に驚く。つい数時間前まで、史人がいないことに怯えて戸惑っていたというのに、まるで前から考えていたセリフでもあるかのように、口が自然に動く。

「おまえもその方が、いっそせーせーすんじゃねーの。俺なんかの面倒見なくて済むしよ」

「……本気で言ってるのか?」

「本気に決まってんだろ。いつでも言えよ、出てってやるからよ」

部屋は冷えきっている。寒いはずなのに、頭の芯がカッカと火を噴いているように興奮していた。自分はひどく酔っ払っている。こんなことばかり言うのは、アルコールのせいだ。

いつものようにこの部屋を出て、一人になりたかったけれど、もう体力の限界だった。頭は痛いし体はだるい。このまま眠ってしまいたい。彰二はベッドに潜り込んだ。布団をかぶって丸くなる。

「彰二」

史人が呼ぶのが聞こえたが返事をしなかった。

「……彰二、いつか俺に見せてくれるって言ったモノ……覚えてる?」

知らない。そんなことは忘れた。

彰二は目を閉じた。瞼《まぶた》の裏で光の残像が弾《はじ》けて消える。がんがんと鳴り響く頭の音と共鳴し、暗闇すら騒がしい。

もうどうでもいい。この騒がしさから逃れられるなら、何もかも捨ててしまってもいいと思った。

翌日、彰二が昼前に起きると、史人はみぃに食事を与えていた。みぃの元気な鳴き声を聞き、史人の丸まった背中を横目に、彰二は黙って部屋を出た。前日にあんなことを言ってしまい、史人に声を掛けることも、謝ることもできなかった。

彰二はそれから三日、知り合いの家を泊まり歩いた。どんな顔をして史人と過ごしていいか分からなかったからだ。一緒にいれば、またひどいことを言って、傷つけてしまうのは分かりきっている。

四日目の大晦日《おおみそか》、さすがに行くあてもなくなり、仕方なく家に帰った。家に史人はいなかった。史人だけじゃなく、身の回りのものと、みぃが一緒に消えている。

史人はその日も、その翌日も、帰ってこなかった。

とうとう、帰ってこなかった。

*

目覚めると、部屋の中は薄暗く沈んでいた。夕方なのか朝方なのか時間がはっきりしない。外から子供のはしゃぐ声が聞こえ、辛うじて、今が夕方だということを察した。ベッドを出ると室内は冷え切って寒い。

彰二はテレビ前の定位置に背中を丸めて腰を下ろした。昨日はパチンコで負け込んでしまった。その前勝った分をほとんど突っ込んでしまい、手元には幾らも残っていない。テレビをつけると、正月番組はいつのまにか終わり、通常通りのニュースを流している。ニュースは苦手だ。つけていると嫌な気分になるばかりだ。だからと言って、消してしまうと落ち着かない。

正月気分が抜け、街に働く人が戻ってきて、世間ではいつも通りの生活が始まっているらしい。だが、彰二にはあまり関係がなかった。実家になど何年帰っていないか分からない。向こうはきっと、彰二の連絡先を知らないだろう。携帯番号を教えてもいないし、これから先、教える気もなかった。

毎日ただ、ぶらりとパチンコに行っては、勝った分で食べ物を買い、飲みに行く。余った分でまたパチンコを打つ。その繰り返しで日々が過ぎた。これまでと何も変わりがない。

ただ、この部屋にいつまでもいられないということは頭にある。史人が契約し、家賃を払っていた賃貸マンションだ。彰二がそれを肩代わりすることはできない。

史人が出て行ってからどのくらい経っただろう。日付を確認することも面倒で、今日が何日なのか分からない。このままぼんやり生きていると、そのうち自分からカビが生えそうだ。だが、何をすればいいのか、何から考えればいいのか頭が動かない。

昨日負けたせいで、財布には小銭しか入っていない。入ってくるあてがないのに、何故使い込んでしまったのだろう。何故飲みに行ってしまうのだろう。自分でもよく分からなかった。

彰二は携帯を見た。これも、いつまでもは使えないだろう。携帯代も史人が払っていた。彰二がこの部屋に転がり込んできた当時、史人は彰二の借金を返し、携帯を契約し直してくれたのだ。

彰二は電話帳から知っている電話番号にかけてみた。コール音が鳴り、電話が通じていることを確認する。ホッとして電話を切った。

電話は通じる。だが、史人からの連絡はない。

当たり前だ。愛想を尽かして出て行ったのだから、連絡なんか寄越すはずがなかった。帰ってくるはずもない。みぃを連れて行ったということは、ペットを飼える新しい場所に移り住んだか、新しい男と暮らしているのだ。彰二に黙って浮気をしていたのだ。そうに決まっている。

だが、何度そう思ってみても、浮気をする史人を想像できない。彰二は常に、自分の心配をしていた史人しか知らなかった。

彰二は部屋の隅に残されているみぃのケージを見た。史人の私物はほとんどなく、きちんと処分され、片付いている。元々彰二の持ち物もほとんどないのだから、部屋はすっきりとしたものだ。だが、すっからかんのケージだけが、やけに存在感を放ってそこにある。見ていると胸に何かが突き刺さるようで、目を逸らした。早く処分してしまおう。何度もした決意を今日もする。

何もしたくないが、腹だけは減る。彰二は部屋着にダウンを羽織っただらしない格好で外へ出た。行き先はいつもの飲み屋だ。ツケはまた膨らんでいて、今や顔を出しにくいが、ここ以外には飲める店がない。彰二は機嫌を取るように、マスターに声をかけた。

「マスター、俺のツケ、またたまってるよね。申し訳ないんだけど、近いうち絶対に……」

「いや、払ってもらったよ」

「は？　誰に」

「君のお友達に」

「……え？」

「青木《あおき》さん。年末に払いに来てくれたよ。請求書出して、しっかり貰いました。だから今んとこ、アンタのツケはほとんどない」

彰二は言葉もなかった。軽口を叩くこともできず、飲む気も失《う》せて、そのまま店を後にした。

*

頭を深く下げると、一也《かずや》はため息とともに財布を出した。一万円札を三枚ほど、ぽん、とテーブルの上に置く。

「まあ、昔はこんなのしょっちゅうだったしな」

この間、駅で偶然会った時とは違い、出勤前の一也は目の覚めるようなブルーのドレススーツを着ていた。長めの金髪は半分だけ持ち上がり、綺麗にセットされている。どこからどう見てもホストだ。

騒がしいコーヒーショップの一角で、彰二は差し出された三万円をそそくさとしまい込み、再び頭を下げた。

「ごめん。恩に着る。近いうち絶対に返すから」

一也は苦い顔で笑うと、小さく頷いた。期待していないという顔だった。

忙しそうに店を出て行く一也を見送りながら、彰二は久しぶりに飲むコーヒーの苦さに眉を顰《しか》めていた。

久しぶりに友人に借金をしてしまった。一月も終わりかけ、いよいよ生活する金に困り、以前連絡先を交換した一也を呼び出したのだ。

ざわめく店内には、学校が始まったのか、高校生が屯《たむろ》していた。他に見えるのは、一人で勉強をしている学生や、ぼんやりしている老人だ。彰二は他人からどんな風に見えるのだろうとふと思った。出がけにたまたま見た鏡には、ひどい顔をした男が映っていた。だらしなく浮いた無精ひげに、伸びて毛先だけ茶色い中途半端な髪の毛、着古したジーンズに、毎日着ているダウン。

学生の頃は洋服に拘《こだわ》っていた。もう穴は潰《つぶ》れてしまったが、ピアスをたくさんつけ、金もないのに高いアクセサリーを買い、重い指輪を嵌《は》め、整髪料の匂いをぷんぷんさせて、夜になればクラブへ行った。

あの頃も今も彰二はあまり変わっていない。ただの馬鹿だ。だらしない男だ。友人に借りた三万で、またパチンコへ行けるなどと考えている。

だが、あの頃はアルバイトをしていた。好きなものがあった。

コーヒーショップを出ると、パチンコに行く気はなくなっていた。用事がなくなり仕方なく史人のマンションに戻ると、管理人がゴミ置き場で、ぶつぶつ言いながらゴミを片付けていた。彰二に気付くと、嫌なものを見てしまったという顔で眉を顰める。

「青木さん、お宅の猫、ちゃんと処分してくれたんでしょうね」

処分だなどという言い草にカッと来て、管理人を睨《にら》み返した。

「ああっ⁉」

凄んだ彰二に、管理人は怖気《おじけ》づいたように後ずさったが、負けずに言い返す。

「ぺ、ペットは禁止ってこの間も注意したでしょう？　規則は規則なんですから、守ってもらわないと」

怯えた様子を見せながらも甲高い声ではっきりと言いきる。

猫なんてもういねえんだよ、クソババアッ！

今にも喚《わめ》き散らしそうな悪態を堪《こら》えた。こんなことで管理人に怒鳴るのも馬鹿馬鹿しい。

彰二はちっと舌を打ち、引っかけただけのスニーカーを引きずりながらエレベーターに向かった。

管理人の「何度も注意した」という言葉が頭に残っている。彰二が知らない間に、史人はさっきのような言葉を何度も突き付けられていたのかもしれない。何故黙っていたのだろう。

彰二に言ってくれさえすれば、幾らだって黙らせてやれた。

腹立ちまぎれにそう考えたが、すぐに頭は冷えた。

黙らせたからなんだと言うのだ。「そういう問題じゃないよ」と、いつかの史人の言葉が心をすっとよぎった。

「そうだな、そういう問題じゃないよな」

呟いてみると、自分の言葉はひどく幼稚で頼りなく、まるで阿呆（あほ）が寝言を言っているように、情けなく聞こえた。

　エレベーターを待つ間、横のポストが溢《あふ》れんばかりに詰まっているのが目に入った。彰二はこれまで、そういうものをほとんど気にしたことがない。さすがに気になって、いっぱいに詰まった郵便物を部屋に持ち帰った。見るのも面倒だったが、何通かの宛先《あてさき》は確認した。ほとんど史人へのダイレクトメールと年賀状だ。その中に、整体院からのものがあった。

『首の痛みは治りましたか？』

　一月中なら二十パーセントオフ、という文言の下に、手書きの文字が書いてある。

　彰二は力なく年賀状を放り出した。

　本当に整体に行っていたらしい。アロマか何かの匂いをさせていた史人を、彰二は男とホテルにでも行ったと疑って散々責めた。

「首が痛いって、何回も言ってたもんな」

　答える者もない呟きが、寒々しい部屋に落ちる。

　史人が出て行ってから、一ヶ月が経った。部屋は汚いし、食うにも困っている。史人が部屋を綺麗にし、史人が食わせてくれていたのだから当たり前だ。

出て行ってしばらくは、玄関ドアががたんと音を立てる度に、もしかして帰ってくるんじゃないかと気を張り詰めていた。だが、二週間経っても一ヶ月経っても、史人は帰ってこない。

史人は今、どこにいるのだろう。

何度となく考えてはみたが、だからと言って、自分に何かができるとは思わなかった。今ここにある事実は、史人はもういないということだけだ。帰ってこないということだけだ。史人が暮らしていた部屋で、一人ぼんやりしていると、自分には本当に何もないのだということを思い知る。

『彰二にあるのはあの恋人だけだよ』

ハルがいつか、彰二に言った言葉だ。

本当だな、と思った。

彰二には史人しかなかった。たった一つあったそれが、彰二の全てだった。

二月の中旬、アカリから連絡があって、昼間に駅で待ち合わせた。預かっているカメラを引き取れと言うのだ。アカリと会うのは三回目だった。一回目はキャバクラで、二回目は男と揉めている最中に会った。何故か修羅場にばかり鉢合わせている。

「ほんと、邪魔なんだってば。カメラ」

彰二が放り出しているのだから、売るなりなんなりすればいいのに、まだ手つかずで部屋に置いてあると言う。変なところで律儀なアカリに、彰二は苦笑いした。

「分かった、取りに行く」

素面《しらふ》で会うのは初めてだ。夜とは違い、昼間に会うアカリは思ったよりも随分若く、化粧気のない顔はまだ子供のように見える。

「あんたって、よく見るとやっぱり綺麗な顔立ちしてるんだね。汚い髪と髭《ひげ》で台無しだけどさ。つか、前より汚くなってない？　勿体《もったい》ない、なんとかしなよ」

彰二の顔をじろじろ見ながらアカリは言う。

「そんなに俺、カッコいい？」

「だから、汚いってば」

ぞんざいに言い放ち、アカリは歩き出した。アカリの家には以前一度来たことがあるとはいえ、泥酔していたせいでほとんど覚えていない。

住宅街の中の小さなアパートに通されて、何となく見覚えのある部屋でくつろいだ。カメラは買った時のまま、まだ包装すら解いてなかった。この紙袋を見ると、あの日のことが蘇るようで、何とも複雑な思いになる。

その日はアカリの部屋で夕飯を食べたが、炬燵《こたつ》に入ってまったりしていると、帰るのが面倒になってしまった。泊まってもいいと言うので、炬燵にそのまま寝かせてもらった。

人のいる部屋で眠るのは久しぶりだ。彰二は電気を消した部屋で目を開けて、ぼんやりと暗闇を見つめた。

「ねえ、あの時の人どうなった?」

アカリがベッドから話しかけてくる。

「あの時って?」

「あんたんちに行った時、帰ってきた人。あの人と一緒に暮らしてるんでしょ」

「なんで知ってんだ?」

「だって前、言ってたよ。一番初めに飲んだ時さ、一緒に住んでる奴が心配するから電話しないとどうのこうのって、ずっと言ってた」

「……覚えてない」

「ねえ、あれって恋人でしょ? あんたってゲイなんでしょ」

彰二は黙った。面と向かって問われたことはないが、敢えて言うなら彰二はバイだ。抱こうと思えば男も女も両方抱ける。だが、そもそも性別云々の前に、他人をそこまで欲しいと思ったことがなかった。本気で求めたのはただ一人だ。

「わかるんだ、私。結構そういう人、会うしね」

夜の街に勤めていると、様々な人種に会うものだ。

「あの人どうなった?　あの後、揉めたんじゃないの?」

雑で無神経なアカリにしては、気遣わしげな口調で聞いてくる。

「別れた」

彰二は一言呟いた。

黙ってしまったアカリに、付け加える。

「あんたのせいじゃないよ」

「……別に、気にしてないけど」

その後、アカリの家には数日泊まり込んだ。さばさばしたアカリは一緒にいて心地よく、何より食うのに困らない。彰二にとっては都合のいい居場所だった。だが四日ほど泊まり込んだ朝、突然出て行ってくれと言われた。

「ごめん、男が帰ってくるのよ」

海外に行っていた恋人が、日本に帰ってくると言うのだ。それなら当然居座っているわけには行かず、彰二は慌ててアカリの部屋を後にした。

天気のいい朝だった。午前十時、いつもの彰二なら熟睡している時間帯だ。空気は冷たいが日は柔らかく、風もほとんど吹いていない。公園を横切ると、子供を連れた母親が数人固まって話をしていた。子供は遊具の周りで元気にはしゃぎまわっている。三歳くらいの子供が投げていた小さな柔らかいボールが、彰二の足元に転がってきた。拾い上げてボールを返してやろうとした時、母親が血相を変えて走ってきた。彰二が近づくより先に子供を抱きかかえ、怯えと敵意の混ざった目で睨んでくる。気付けば、話をしていた母親連中も同様に、不審者を見るような不安気な顔つきで彰二を見ていた。彰二は持っていたボールを子供を抱えた母親の方に転がしてやり、その場を立ち去った。

幼い子供を抱えた母親たちに、自分がどう映るのかなどと、これまで考えたことはない。気にしたこともなかった。敵意を丸出しにした視線は、そのまま世の中の彰二への評価のように感じた。

公園を抜け、駅への近道だと教えてもらった路地裏を歩いていた時だった。目の前に、中肉中背の坊主頭の男が仁王立ちで現れた。それはまさに、漫画やドラマで敵役が前へ立ちはだかる時のように、突然だった。

男の目は据わっている。どこかで見たことのある男だと思った。太いジーンズに皮ジャンを着た、坊主頭。アカリに蹴られていた様子が不意に思い出された。瞬間、男は手に持ったバットを思い切り振り下ろしてきた。寸でのところで避《よ》けたが、男はしつこく振り回してくる。状況を全く把握できないまま、彰二は逃げた。あんなもので殴られたらたまったものじゃない。だが、足が思うように動かない。怠惰《たいだ》な生活で萎《な》えているのだ。背後から振り下ろされたバットが耳元を掠《かす》った時、彰二はカッとなった。振り向きざま、力いっぱい男を殴りつける。喧嘩など慣れていないし強くもない。だが、拳《こぶし》は男のこめかみにヒットし、驚いたことに激しく血を吹いた。

その時、遠くの方から走ってくる紺色の制服姿が見えた。まずいと思った時には、男はさっさと逃げ出している。彰二は逃げ遅れ、やってきた警察に、呆気《あっけ》なく捕まってしまった。


翌日の昼過ぎ、彰二はバツの悪そうな顔で、母親の動揺と、兄の侮蔑《ぶべつ》の視線に晒《さら》されていた。留置場にいたのは一晩だ。すぐに釈放されたのは助かったが、一番会いたくない肉親が、彰二を迎えにきていた。住所不定の上無職の彰二は、実家しか連絡先がなかったのだ。

警察からの帰りの喫茶店で家族と向き合い、彰二は項垂《うなだ》れていた。身に覚えがないことで突然殴り掛かられたから抵抗しただけで自分は何も分からないと、警察で話したことをそのまま説明したが、二人とも彰二が捕まった過程や内容など問題ではないというように、ただ落胆し、呆れているようだった。

眠たくなるようなクラシック音楽が流れる中、母親はさっきからまるで悲惨な映画でも見ているような顔で彰二の顔をしげしげと眺め、兄はゴミを見るような目で彰二を睨んでいる。

大学を辞めてから七年、実家には一度も帰っていない。久しぶりに会う家族に、彰二はどういう顔をしたらいいかわからなかった。ただ俯《うつむ》いて、小さな子供のように黙ったままでいる。

はあ、とこれ見よがしな大きなため息をついたのは兄だった。

「いい加減な奴だと思っていたが、まさかここまでだとは思わなかった」

兄は抑えた声で吐き捨てた。声音から怒りが滲《にじ》み出ている。

「おまえ幾つになるんだ」

分かっているくせに聞いてくる。彰二は答えなかった。

彰二はこの兄が昔から苦手だった。コンプレックスをこじらせて、昔からまともに話せたことすらない。父親と同じように商社勤めをしている兄は、高そうなスーツに身を包み、髪を嫌らしくぴっちり撫《な》でつけて、エリート然とした顔をしている。何もせずにふらふら遊んでいるだけでも彰二は十分軽蔑されている。その上、今度は警察の厄介になるような弟に、さぞや腹が立つだろう。

「おまえは自分の姿を鏡で見たことがあるのか。どれだけ情けないか、よく見てみろ」

「明彦《あきひこ》……」

母親が消えるような声で兄を止め、彰二に声をかける。

「あなた、顔色がとても悪いわよ。ご飯は食べられたの？」

「母さん、留置場はちゃんと食事が出るよ。何回も言っただろ」

彰二の代わりに兄が答える。

彰二は顔を上げられなかった。七年前に見た時よりも老けて小さくなった母親の姿に、腹を立てながらも仕事を休んで、弟のために警察までやってきた兄に、打ちのめされていた。マンションの最寄駅の近くまでタクシーで帰り、そこで母親と兄と別れた。史人のマンションまで連れて行くことに、どうしても抵抗があったからだ。別れる間際、タクシーに乗ったままの母親が、不意に思い出したように言った。

「あなた、付き合っている人がいたわよね？　その人とはどうなったの」

彰二は首を傾《かし》げた。

「何言ってんの」

「前に、母の日にお花を送ってくれたことがあったでしょう。丁寧な字で住所が書いてあった。私はてっきり、そういうお嬢さんがあなたの側にいてくれるんだと思ってたの。安心してたのよ……」

そんなことを聞かされても、彰二は何も言えなかった。史人がそんなことをしているなんて知らない。母の日に花を贈るなどという気の利いたことが彰二にできるはずはないし、史人がそんな話をしたところで、耳も貸さなかっただろう。

母親と兄を乗せたタクシーを見送り、賑《にぎ》やかな駅周辺を離れると、彰二は俯いたまま、交通量の多い道路沿いを歩いた。

彰二にとって、史人は何だったのだろうか。あんなに長い間一緒にいたのに、史人が毎日何を考えて過ごしていたのか、彰二は知らない。仕事のこと、体調のこと。何か楽しいことはあったのだろうか。好きなことがあっただろうか。

史人がしてくれたことすら、何も知ろうとせずに過ごしていた。花のことも、みぃのことも、飲み代のことも、何故言ってくれなかったのか。

言えなかったからじゃないのか。

言っても彰二は聞かなかった。聞こうとすらしていなかった。

ふと顔を上げると、チンピラみたいな男たち三人に周りを囲まれていた。その中には、昨日彰二を襲ってきた男もいた。逃げようとしたが、すぐに取り押さえられてしまう。建物の陰に引きずり込まれ、地面に突き倒されたところに、容赦のない蹴りが飛んできた。それを合図に、三人がかりで寄ってたかって殴られ、蹴られた。激しい暴力が次々と身体を襲う。頭を庇《かば》い丸まった彰二を、三人はボールでも蹴っているように楽しげに苛《さいな》む。体中が痛みに悲鳴を上げ、呻《うめ》く声も出なくなり、食べたものを地面に吐いた。次第に視界があやふやになり、感覚が遠のいていく。

「てめえ、アカリさんに手え出してんじゃねえぞ」

「……組って聞いたことねえか？　ああ？」

薄れる意識の中で、男たちの声がぼんやり聞こえた。自分はこのまま死ぬのだと、本気で思った。

気が付いた時、辺りは暗くなっていた。湿ったアスファルトの匂いがむわっと立ち上る。

頬を濡らすのは雨だ。頬も腰もひやりと冷たく、近くの道路の轟音《ごうおん》が、耳に直接響いてくる。這《は》いつくばった暗いアスファルトから、外灯の明かりに浮かぶ雨粒が見えた。腹が減って、きゅうきゅう音を立てている。身体を動かそうとしたが、痛くて動かせなかった。骨が折れているのかもしれない。

自分を殴っていた男たちの会話を何となく覚えている。アカリの名前と、聞いたことのある暴力団の名前を口にしていた。アカリの男の手下と言ったところだろうか。彰二はヤクザの女に手を出したと思われたのだ。挙句、警察沙汰になり、ついにはぼこぼこにリンチされてしまった。彰二は馬鹿な自分を笑った。笑うしかなかった。

動けないまま目だけをぽっかり開けて、表の道路を見る。車のテールランプが、汚れて湿った地面に反射している。赤や緑の明かりがアスファルトに円を作り、一瞬で消えていく。小さな花火のようだ。

冷たい頬が、温かいもので濡れた。涙は次々と溢れ、頬からアスファルトに流れ込み、雨に紛れていく。

痛くて苦しい。死にそうだ。なのに、史人のことを考えていた。史人の声や、困った顔や、悲しげな顔を思い出していた。一緒にいるのがつらい、顔を見たくないと、目を逸《そ》らしてばかりいたのに、いなくなってしまうとこんなに恋しい。こんなに会いたい。

散々傷つけて突き放したのに、今更会いたいだなんて、我ながら虫が良すぎる。どの面下げて史人に会いたいだなんて言える。

本当は、どうすれば史人が戻ってくるかと、何度も、何度も何度も考えた。だが、答えなどあるはずがない。史人はもう戻ってこない。彰二は捨てられた。こんな男は捨てられて当然だ。なのに、会いたい気持ちが溢れて止まらない。

史人が彰二にしてくれたことは数限りなくある。だが、彰二が史人にしてやれたことが、一体どれだけあるだろう。自分の尻拭《しりぬぐ》いを当たり前のようにさせて、傷つけただけだ。笑顔を思い出そうとしても、不安そうな目しか思い出せない。

いつかコンビニで買った、誕生日のケーキのことを思い出した。何故捨ててしまったのだろう。崩れても、みっともなくてもいいから、一緒に食べればよかった。何もなくても、おめでとうと言ってやればよかった。そうすれば史人は喜んだかもしれない。笑ってくれたかもしれない。パチンコに行くくらいなら、スーツよりもまず靴下を、ケーキを、何故買ってやれなかったのか。本当は彰二にも、あげられるものはたくさんあったかもしれないのに。

雨が、車のライトや信号機のランプに光ってキラキラしている。暗い路地から見える切り取った明かりと雨粒が、涙でぼやけて、幾つもの色とりどりの光の粒になる。

綺麗だった。こんな風に綺麗な光景を、いつか見たはずだ。あれは一体いつだっただろう。目を閉じれば消えてしまう、きらきら光っているもの。消える前に摑みたくて、カメラを手にしたけれど、やはり彰二には手に入らない。何度やってみても、どうしても届かなかった。

だが、本当にそうだろうか。彰二に本気で摑もうとしたことがあっただろうか。手を伸ばしたことがあっただろうか。

汚れた道路の上でゴミのように這いつくばりながら、彰二は生まれて初めて、本気で願った。

ここから何とかして動き出したい。

もう一度本気になって、手を伸ばしてみたい。必死になって、自分のできる限りで、あの光に触れてみたい。

*

満開の小さな白い花が、梨棚《なしだな》に沿って絨毯《じゅうたん》のように敷き詰められている。戻ってきた時は、この花の独特な匂いに懐かしさを感じたものだが、毎日埋もれているうちに慣れてしまい、今では何も感じない。

四月の頭、陽気は穏やかで、時折虫の羽音がぶぅんと聞こえる。史人は脚立に座り、桜のような小さな白い花をひたすら摘んでいた。摘んだ花から花粉を採取し、手作業で受粉するためだ。

青木梨園は緩やかな丘陵地帯にある、家族経営の小さな梨園だ。史人は年末に戻って以来、毎日忙しく梨畑の仕事を手伝っていた。帰って間もない頃は、一日をひどく長く感じていたけれど、今思えば瞬《また》く間に過ぎた三ヶ月だった。

梨畑の仕事は目まぐるしく、次から次へと作業が待っている。枝の剪定《せんてい》、消毒、網掛けと、少ない人数で朝から晩まで働いた。史人がこの作業を手伝っていたのは中高生の長い休みの間だけで、本格的な作業をしたことはない。ほとんど素人《しろうと》なのだから、覚えるだけで精一杯だ。当然父母に比べれば作業スピードは遅く、一人前となるのは時間がかかりそうだった。

だが、余計なことを考えなくて済む分、仕事の忙しさには助けられていた。

去年の大晦日、長い間住んでいた東京のマンションを出て、実家に戻ってきた。

限界は少し前から感じていた。自分の心と、彰二への期待の限界だ。

彰二が働かないのも、いい加減でだらしがないのも今に始まったことではない。何年もずっと彰二はそうなのだ。すぐに諦《あきら》める。すぐに逃げ出す。だが、アシスタントを辞めてからの彰二を見ていると、その原因が自分にあるような気がしてならなかった。史人が側にいるから、彰二は変わらないのではないか。

史人はこれまでに何度も浮かんだその考えに、気付かないふりで過ごしてきた。彰二の側にいたかったからだ。

だが、いつまでも知らないふりができる訳ではない。

引き金は幾つもあった。連れていた女性のことや浮気を疑われたこと、小さなことが積み重なっていくうちに、彰二と一緒にいることが苦しくてたまらなくなった。彰二が史人を少しも見ないことが、必要とされてないと感じることが、何よりつらかった。

年末、史人は一泊で実家に帰ってきた。東京を出ることが頭の隅にあり、実家の様子を窺《うかが》うためだ。だがその時はまだ、はっきりと別れを決めていたわけじゃない。決めたのは、東京に戻ったその夜だ。

冷え切ったあの部屋でのことを、史人は今でも思い出したくない。なのに、記憶は鮮明だ。最後に問いかけた自分の声と、返ってきた彰二の沈黙。あの瞬間、終わりだ、と何かに告げられたような気がした。

それから四日間のうちに携帯番号を変え、荷物を纏《まと》めて家を出た。家賃は数ヶ月分先に振り込んでおいた。生活能力のない彰二が心配で、そのまま放り出すことがどうしてもできなかったのだ。

今となっては、彰二のために離れたのか、自分のために逃げてきたのか、その両方なのか、史人自身にもはっきりしないし、どちらでもいい。はたから見れば、仕事と恋愛に疲れて実家に逃げ帰ってきたという、それだけのことだ。それは事実で、反論のしようもなかった。

彰二のことが嫌いになったのかと問われれば、それもよく分からない。帰ってきた時は精神的に疲れ切っていて、恋愛感情など見えない状態だった。未だに史人には、自分の心がよく見えない。だがそれでよかった。今この状況で、彰二への未練を自覚してどうなると言うのだろう。つらいだけだ。今はまだ何も考えたくない。史人は彰二の顔を思い浮かべそうになる度に、必死に打ち消した。

梨畑で働く毎日は平穏だった。真面目に汗を流していれば食べてはいけるし、日々の生活費のことで頭がいっぱいになることもない。毎日寝る間も惜しんで仕事をした挙句、役立たずと罵《ののし》られることもない。おまえなんか辞めろと言われ続けることもない。あんなに痛かった首の痛みも、実家に戻ってからすぐに消えてしまった。現金なものだ。

どうやら史人は、彰二がいなくても生きていけるらしい。

だが、心は空っぽになってしまったみたいに、何も感じなかった。

楽しいも嬉しいもない。悲しいもつらいもない。

ただ、何もない。

東京に置いてきたものは、彰二だけじゃない。史人はあの部屋に、心も一緒に置いてきたのかもしれなかった。

＊

翌日の集合時間をやっと教えてもらえたのは、頭を下げに通って一週間目だった。暴行された怪我《けが》も自由に動ける程度には回復したし、見える部分にある痣《あざ》も薄くなった。見た目がマシになった二月の下旬、彰二はすぐに梶原《かじわら》の事務所へ向かった。

「給料要りません。下っ端の下っ端でいいです。雑用なんでもやります。使ってください、お願いします。次、俺がいい加減なことしたら、その時は容赦なくクビ切ってください」

そう言って頭を下げた。梶原は最初、帰れと冷たく言うだけで彰二は少しも相手にされなかった。見る限り、新しいアシスタントも補充され、人手は十分足りているようで、彰二の居場所などどこにもないことは明らかだった。だが、彰二は頭を下げ続けた。帰れと言われれば帰ったが、翌日また梶原の事務所に出向いて同じことを言った。三日目には他のスタッフにご苦労さん、と声を掛けられ、四日目には缶コーヒーを奢《おご》ってくれる人がいた。その度に、何とかして梶原に認めてもらいたいという思いが強くなった。一週間目、突然用事を頼まれた。アシスタントが一人、来られなくなったらしい。人手が足りず仕方がなかったのだろうが、彰二はチャンスとばかりに張り切った。翌日の集合時間を教えてもらったのは、その日の仕事が終わった帰り際だった。

梶原が「明日は朝七時だ」と言ってくれた時、彰二は涙が出そうになって、そんな自分に驚いた。雇ってもらって泣きそうになるなんて、初めてのことだ。

「分かってると思うが、アシスタントは今のところ足りてる。給料は前よりも安いよ」

「はいっ！」

彰二の大声に、梶原は驚いて目を丸くした。

怪我の数日後、何とか動けるようになってから、彰二は初めて史人を探し始めた。まずはダメ元で携帯にかけてみたが、やはり繋《つな》がらなかった。次に、覚えていた会社名だけを頼りに史人の職場まで行ってみたが、そこに史人はいなかった。年末に辞めてしまったらしい。近くに座っていたスーツ姿の男に、仲の良かった人がいなかったかと聞いてみたが、男は彰二の青あざだらけの顔を不気味そうにちらちら見ながら、知らないと首を振るだけだった。そうなると、史人へ繋がる術は何一つ残されていなかった。親しくしていた人間がいたのかどうかすら分からない。考えれば考えるほど、史人について何も知ろうとしなかった自分に腹が立つ。

彰二は家に戻ると、史人の形跡を徹底的に探した。はがきでも手紙でもいいから、史人への手掛かりがないだろうか。そして、衣装ケースの奥に忘れられたように残された数枚のはがきを発見した。その中に一枚、史人の両親からの暑中見舞いがあった。実家の住所が印刷されている。

史人の実家が梨園だということは以前に聞いたことがある。実家から送られてきたという梨を食べさせてもらったこともあった。彰二は果物など興味がない上に、剝《む》くのも面倒で、進んで食べることもなかったけれど。

史人はもしかして、実家に帰っているのだろうか。彰二は決心して、緊張しながらもはがきに書かれた梨園の番号を押した。しばらくして「青木梨園です」と言う、中年女性の声が聞こえた。

「あ、あの、む、息子さんは」

情けないほど上ずった声で、詰まりながらも何とか尋ねた。

「史人ですか？　いますけども？」

ふみと、と確かに言った。心臓がどくんと跳ねた。背中にどっと汗をかく。

「あ、すみません、間違えました」

彰二は慌てて電話を切った。

史人は実家に帰っていた。この住所の場所に行けば、史人に会える。

だが、会って何を言うのだろう。

顔を上げると、消したテレビの暗い画面に、自分の顔が映っていた。殴られて腫《は》れあがった情けない顔だ。体中に蹴られた跡を残し、きっと死んだような目に、生気のない顔色をしているに違いなかった。こんな姿で、再び史人の前に立てるのだろうか。立てたとして、何を言うのか。言える言葉などあるのか。彰二は以前とまだ何も変わっていない。また傷つけるつもりだろうか。傷つけない自信があるというのか。史人はもう、彰二に愛想をつかしている。やり直すつもりなんか微塵《みじん》もないだろう。顔も見たくないに決まっていた。

今の自分では史人に会えない。具体的にどうしたらいいかは分からないが、今のままではだめなのだ。

そして彰二は、梶原の元へもう一度行くことを決めた。もちろん、すぐに受け入れてもらえるなどと考えてはいない。断られても、何度でも頼み込むつもりだった。

いつか史人が言った、必死にならなければ何も変わらないという言葉が頭に浮かぶ。今になって、あの言葉が身に染みた。

何とか梶原の元で働くことを許されてから三ヶ月、彰二はアシスタントと夜間の工事現場で働き、何とか食い繋いだ。

史人が家賃を払い込んでくれていたのは三ヶ月分だった。それも、彰二が気付いたのは随分日が経ってからだ。その三ヶ月が過ぎると、彰二はマンションから古いアパートに引っ越した。自分で払える程度の家賃ならどこでもいいと探したアパートは、風呂がなくトイレが共同という、今にも潰れそうな木造アパートだったが、寝に帰る分には十分だと思えた。

仕事を掛け持ちしていたので自分の時間はほとんどない。仕事だけで一日が過ぎ、一週間が過ぎ、一ヶ月が過ぎていく。半年経った頃、アシスタントが一気に二人辞め、新人が入ってきて、彰二は先輩になった。それをきっかけに、少しだけ自分の時間が持てるようになると、大学生の時から使っている古いカメラを持ち出して、写真を撮りに出かけた。以前は工場地帯ばかり撮っていたが、不思議と何を撮っても楽しかった。

ファインダーを覗くとフレームの中には、彰二の知っていた世界とは一味違った世界が見える。駅のホームで寝ている酔っ払いが、ファインダーを通すだけでコミカルに映ったり、もの悲しく映ったりする。毎日見ているなんてことはない空が、今日この日しか見られない、特別な空だと実感したりする。

カメラを構えると、彰二は史人のことを思い出した。このファインダーの向こうに映る史人はどんな顔をしているだろう。今の彰二には、悲しい顔しか想像できない。笑った顔を見たかった。一緒にいる時に、せめて写真の一枚くらい撮っておけばよかった。学生の頃数枚撮ったはずのものは、遊びほうけている数年間にとっくに失くした。史人の笑顔すら残していない自分に、ほとほと呆れた。

彰二は新居の汚れた壁に、史人の両親からの暑中見舞いを張り付けた。史人はいなくなったわけじゃない。ここに行けば会えるのだ。住所を見る度に、そう自分に言い聞かせた。だが、今はまだ、会いに行けない。

一年は瞬く間に過ぎた。アシスタントの給料が少し上がり、工事現場のアルバイトの回数がやっと減ってきた。

「どうしちゃったの、腕太くなっちゃって。今度は何はじめたの？　カメラマンの人についてたんじゃなかったっけ？」

工事現場の仕事でいつのまにか筋肉のついた彰二に、ハルが驚いた声を上げた。

ハルとは結局まだ付き合いが続いている。なんだかんだ言いながらも、こうして声を掛けてくれるのはハルだけだった。彰二が史人にふられたことを打ち明けた時は、「やっぱりね」と肩を竦《すく》めたが、その日は夕飯を奢ってくれた。いつも羽振りのいいハルの懐《ふところ》具合を心配すると、ハルはひどく意外そうな顔をした。

「彰二も他人のこと気遣うようになったの？　人って成長するんだねえ」

茶化されたが、言われたとおりなので何も言い返せない。

「いいんだよ、俺最近また復活したんだ、美容師」

鋏《はさみ》を持つ手つきをしながらハルは言った。

「おまえ、本当に美容師だったのか？」

「本当だよ、失礼だな。結構腕はいいんだからね」

確かにそうだろう。以前、彰二の頭を整えてくれた時も、あっという間に見栄え良くしてくれた。

「連絡はもう取ってないんだ？」

史人のことを聞かれ、彰二は苦い顔で頷いた。

史人のことは常に頭にあった。はがきを毎日見続けたから、今では実家の住所も空で言える。生活を立て直し、史人に向き合える自分になれば、会いに行きたいと常に考えていた。だが、一年以上も顔も見ず声も聞かずにいると、徐々に怖くなってくる。史人はもう彰二のことなど忘れているのではないか。恋人を作って幸せに暮らしているかもしれない。彰二の出る幕などあるのだろうか。今更会いに行っても、「おまえ誰？　何しに来た？」などと言われ、邪険にされて終わるかもしれない。

時間が経つにつれ、あれこれ考えてしまい、会いに行くのが怖くなる。

その年の八月、日本列島が大型の台風のニュースで揺れた。暴風雨は本州各地で吹き荒れ、テレビ画面には、各地に出た被害の様子が映し出された。農家や果樹園の被害が伝えられた映像に、彰二の目は釘付けになった。

テレビ画面のテロップに、見慣れた町の名が表示された。毎日のように眺めて、彰二が既に覚えてしまった町だ。収穫時期を迎えた無数の梨の実が、無残にも地面に転がっている。

彰二の胸はざわざわと激しく揺れた。

*

梨の実をいっぱいにつめたコンテナをトラックに載せ、その横に腰を下ろすと、史人はふうとため息をついた。首にかけたタオルでとめどなく流れてくる汗を拭《ぬぐ》う。今日は一昨日《おととい》の台風を忘れたようないい天気だった。降りすぎる雨は困るが、激しく照り付ける太陽も、史人にとっては手強い相手だ。

コンテナに入っているのは、全て台風によって落下した梨の実だ。ちょうど収穫時期を迎えていた梨は、一昨日の台風で半分が落下してしまった。落ちたものの半数以上は傷がつき、商品にならない。去年も台風はやってきた。春先には雹《ひょう》も降った。それでも何とか持ちこたえ、初めての収穫時期には感動したものだ。今年は史人が帰って来てから二回目の収穫で、台風によりこんなに落下してしまったのは初めての経験だ。頑張った一年間が、たった一夜で無駄になってしまう気がして、正直史人の落胆は大きかった。

「まあ、仕方がないさ。残っているものを大事に育てよう」

普段は無口な父親が力強く言い、手早く落ちた梨を拾っていくのを見て、史人も身体に力を入れ直した。長年自然と戦いながら果実を育ててきた人の、底力を見るような気がした。昨日と今日とで、落下した実は全て拾い終わった。明日は大きく破けてしまったネットと、一部壊れてしまった棚の修繕で一日が終わりそうだ。

トラックの荷台で揺られながら、史人は梨畑から見える夕方の景色に目を細めた。梨畑は高台にあり、下りる途中に小さな町が見下ろせる。辺りはまだ明るいが、太陽は少し傾き、町は金色の日に包まれていた。

梨畑を下りると、実家まではいつ通ってもほとんど人も車も見えない広い道路だ。ふと、遠くのバス停に珍しく人が立っているのが見えた。この時間にバスが通らないのを知らないということは、旅行者だろうか。教えてあげるべきだろうか。などと考えているうちに、トラックはバス停を通り過ぎた。

背の高い、瘦《や》せ型の男だ。何か黒いものを手にしていると思ったら、カメラだった。夕日が沈む方へ向けて、カメラを構えている。史人は通り過ぎた男の姿に目を凝らした。

まさかという思いが胸を過《よぎ》る。そんなわけはない。こんな場所にいるはずのない男だ。心臓がどくどくと鳴り続ける。車はどんどん進み、男はあっという間に小さくなる。

「父さん、止めてくれ！」

史人は荷台から身を乗り出し、運転席の父親に向かって大声で叫んでいた。

トラックを降り、遠くで立ち尽くしている男を見つめる。男は史人に気付いたのか、ゆっくりとこちらに向かって歩き出した。歩くスピードは徐々に上がり、やがて走り出す男の顔がはっきり見える。伸び放題だった髪の毛も無精ひげも、さっぱりと整えられて別人のようだ。華やかに整った顔は変わらないが、日に焼けて幾分精悍《せいかん》になったようだ。史人が最後に見た彰二は、青い顔をして目の下にクマを作り、生気の全くない目をしていた。だが、史人に近づいてくる男の顔は、健康的で明るい。

あれは本当に彰二だろうか。

「史人！」

長い間側で聞き続けた、甘い声。

史人は呼吸を忘れてしまったかのように、突然目の前に現れた男を見つめていた。

何故ここに？

どうして彰二が？

頭の中でそればかりを繰り返す。

「……久しぶり」

照れたように控えめに彰二は言った。史人はあまりに動揺して、すぐに声が出せなかった。少しの間、目の前ではにかむように立っている男を、ただ見つめる。

「どうして……？」

やっと出た言葉はそれだけだった。

「ニュースで、ここら辺の梨のことやってたんだ。被害が凄いって聞いて、俺、なんか手伝えることがあったらと……思って」

自分から聞いたくせに、彰二の言葉は耳を素通りする。梨畑の仕事を手伝いに来たと言われたことは分かった。

だが分からない。何故今頃になって、彰二がわざわざ自分に会いに来たのかがどうしても分からなかった。

呆然《ぼうぜん》としている史人の後ろに、父親の運転するトラックが近づいてきた。

「どうした？　友達か？」

運転席から顔をのぞかせた父親が尋ねる。

「あ、はい、東京から来ました。矢井田《やいだ》です」

彰二は大声で父親に挨拶《あいさつ》すると、走ってトラックに近づいた。

「俺、東京で史人さんに凄い世話になったんです。で、畑が大変だって聞いたんで、ちょっとだけでも手伝わせてもらえないかと思って」

彰二の声を背後に聞きながら、史人は道路に立ち尽くしたまま、動けずにいた。彰二は何を言っているのだろう。本気で手伝いに来たのだろうか。

頭が全くついていかない史人を置いて、彰二はちゃっかり父親と話をつけ、トラックの荷台に乗り込んでいる。

「史人、早く乗れ」

父親に言われるまま、仕方なく史人も荷台に乗った。家に帰る間も、彰二が目の前にいるのが信じられず、俯いてばかりいた。彰二の顔を見るのが怖かったのだ。彰二は家に着くまで話しかけてこなかった。たったの数分の道のりが、やけに長く感じられた。


母親は突然の来客に初めは驚いていたが、畑を手伝ってくれると言うとすっかり気をよくして、豪勢な食卓を用意した。父親に何と言ったのか知らないが、彰二はいつのまにかここに泊まることになったらしい。彰二は母親にも父親にも、ついでに祖母にも気に入られたようだ。酒を酌《く》み交わしながら、無口な父親が珍しく饒舌《じょうぜつ》に、梨の良さを語って聞かせていた。史人はそんな彰二の様子を、食卓の端からぼんやりと眺めるばかりだ。

自分の実家に彰二がいることが、まだ信じられない。夢を見ているのではないかと疑ってしまう。

「それで君、仕事は大丈夫なのか？」

顔を赤くした父親が彰二に尋ねる。

「あ、はい。一週間ほど休み貰ったんです。まあちょっと遅い夏休みです。俺、一年以上休み貰ってなかったんで、ここぞとばかりにお願いしました」

「一年以上？　なんだっけ、ええと」

「アシスタントです。カメラマンの」

「そんなに休みもらえないのか？」

「言えば休ませてくれると思うんですけど、俺いい加減な奴なんで、まともに仕事できるようになるまではと思ってて、気付いたら一年以上経ってたっていう」

父親との会話で、彰二が再びカメラマンのアシスタントとして働いていることを知る。別れる時はカメラなど見向きもしていなかったのに、一体どんな経緯があったのだろう。

さっきは見られなかった彰二の顔を、ようやくちゃんと見てみる。やはり、彰二は変わった。外見だけでなく、声音がはつらつとしている。日に焼けて、腕も太くなり、顔立ちも男っぽくなったように見えた。

ちりんと鈴の音をさせながらやってきたのはみぃだ。東京から一緒に連れてきた子猫は、今では立派な大人の猫に成長して、家の中や近所を我が物顔で闊歩《かっぽ》している。彰二のことは覚えてないと思うが、擦り寄って行って、膝頭に頭を擦《こす》りつけている。

「おお、みぃ！」

彰二は嬉しそうにみぃを抱き上げ、膝に乗せた。

「おまえ、おっきくなったなあ！　俺のこと覚えてるか～？　イケメンの兄ちゃんだぞ～」

鼻先に顔を押しつけられ、みぃが嫌そうににゃあと鳴く。

みぃと彰二が戯《たわむ》れるのをぼんやり眺めていると、母親が台所から呼ぶ声がした。無意識のうちに彰二に見惚《みと》れていた自分を戒《いまし》めながら、史人は急いで母親の元へ向かった。

「ビールもうないでしょ。彰二君に持っていってあげて」

さっきまで矢井田君と言っていたのに、母親はもう彰二君と親しげに名前で呼んでいる。

「ねえ、あんたにもお友達がいたんだね」

冷えて汗を掻《か》いた缶ビールを差し出しながら、母親が不意に言った。

「史人、こっちに帰ってから仕事しかしてないでしょ？　友達と遊ぶでも女の子と遊ぶでもないし、ちょっと心配してたのよ。でもあんなしっかりしたお友達がいるなら、お母さん安心だわ。あんたのために東京からわざわざ来てくれるなんて、ありがたいわねえ」

『お友達』を連発されると、複雑な気持ちになる。彰二は友達などではない。もう二度と会うことはないと思うほど、苦しい思いをして別れた元恋人なのだ。

だが、母親にそんな風に心配させていたとは知らなかった。地元にいた頃の友人が全くいないわけではないが、何年も連絡を取っていない。第一、この一年と八ヶ月は、仕事をするだけで精一杯だった。

缶ビールを持って居間に戻り、父親の前のテーブルに置いた。

「史人、おまえも飲め」

父親に言われたが、酒はあまり強くないし好きでもない。不意に彰二と目が合ってしまい、すぐに逸らした。

「……俺疲れたから、先に寝る」

「なんだ、せっかく矢井田君が来てくれたのに」

「あ、いいんです、俺勝手に来たんで。それよりお父さん、もっと梨の話聞かせてくださいよ」

彰二がフォローするように口を挟んだ。元々史人よりはかなり口のうまい男だが、やけに調子よく話している彰二が、何となく面白くない。史人は父親と話し始めた彰二を置いて、さっさと自室に戻った。

当たり前のような顔をしてそこにいる彰二を、どう捉《とら》えていいか分からない。彰二を忘れるために、史人がかけた時間を、一瞬で全て無駄にされてしまったように感じた。

ここに戻ってきた最初の数ヶ月、史人は彰二のことを忘れようとひたすら畑の仕事に費やした。その頃は、仕事に打ち込んでいれば、きっと近いうちに彰二のことを忘れられると思っていた。

だが、本当につらかったのはその後だ。仕事に慣れてくると、何をするにでも彰二のことを思い出した。畑から帰るトラックで落ちる夕日を眺めている時、縁側から雨を眺めている時、虫の音を聞きながら一人で眠る夜、あらゆる時に彰二の面影が脳裏を過った。それも、つらかった時のことはほとんど思い出さない。楽しかったことばかりを思い出す。終《しま》いには、何故彰二を置いて何も言わずに、一人で実家に逃げてきたのか、などと自分を責めはじめる。一年が過ぎ、春が来て夏がやってきた。ようやく、彰二のことを思い出さない日が増えてきた。新しくやり直せるかもしれないと、やっと思えてきていたのだ。

なのに、癒えようとしていた傷口を再び抉《えぐ》るように彰二は現れた。別れる頃には全く見ることのなかった笑顔を浮かべ、出会った頃のような明るさと、初めて見る落ち着きを身に纏《まと》い、史人を見つめるのだ。

すぐに受け入れられるわけがなかった。笑いながら話ができるはずがない。

一体どういう意図《いと》で、史人を再び悩ませるのか。

彰二の本意が分からなかった。問い質《ただ》すことも、恐ろしくてできなかった。

釈然としない史人の心を置き去りに、彰二は翌日から精力的に作業を手伝い始めた。一年の間にどんな仕事をしてきたのか、彰二は随分逞《たくま》しくなっていた。史人の記憶にある彰二は、力仕事を嫌がり常に眠そうで、何を頼んでも面倒そうな顔しかしなかったのだ。あまりの変わりように、史人は目をむくばかりだ。父親と史人だけでは心もとなかった梨棚の修繕も驚くほどに捗《はかど》り、ネットの破れも直すことができた。張り直しは家族全員で行い、二日間を見込んでいた作業が一日で済んだ。もちろん、父親も母親も大喜びだった。

二日目の夜も、彰二は上機嫌の父親の晩酌《ばんしゃく》に付き合っていた。昨日から気付いていたが、彰二はあまり酒を飲んでいない。正直史人は、彰二が酒を飲むのをあまり見たくなかった。酒と彰二にはいい思い出が全くないからだ。だが、一杯のグラスに少し口をつけるだけの彰二は、明らかに以前とは飲み方が違った。

食事が終わり、父親が先に寝てしまうと、彰二は率先して食卓を片付ける母親を手伝い始めた。

「いいから彰二君は休んでなさい。昨日も言ったでしょ？　若くたって疲れるんだから」

彰二はすみませんと謝っている。史人は網戸にした縁側に座り、彰二と母親のやり取りを聞いていた。やはり、実家で彰二と母親が当たり前のように話している光景が不思議だ。しかも、あの彰二が食卓を片付けようとしている。史人と一緒にいた時に、そんなことは一度もしたことがない彰二が。

内心で驚きながら台所の方を窺っていると、彰二と目が合った。慌てて逸らしたが、彰二は隣にやってきてしまった。

「史人の家って、こんな感じだったんだな」

縁側に腰を下ろしながら、彰二が呟いた。

「俺初めてだ、こういう家。畳とか縁側とかさ。木の感じとかも古くていいよな」

慣れ親しんだ実家なので、いいも悪いも分からない。黙っていると、彰二も黙った。

長い沈黙が落ち、聞こえてくるのは庭で鳴く虫の声だけだ。

「すげー鳴いてる。これ、何の虫？」

随分経って、彰二が不意に口を開いた。

「鈴虫じゃないか」

「鈴虫？」

「ああ、たぶん」

「ふうん」

彰二は珍しそうに虫の声に耳を傾けている。こんなものに興味を持つなんて、意外だ。彰二の横顔を盗むように見ていると、彰二もこちらを向いた。また目が合ってしまう。

「いきなり来てごめんな」

落ち着いた低い声に、史人の胸はとくん、と音を立てる。

「俺なんか来ても、逆に迷惑になるかもしれないとは思ったんだ。けど、どうしても……じっとしてられなくてさ」

なんと答えていいか分からない。史人は俯いて、黒光りする縁側の木目を指でなぞった。

「俺今、梶原さんのとこでもう一回使ってもらってるんだ。一回は諦めたけど、やっぱりどうしても……途中で辞めたことを、もう一度やらなきゃダメだと思って。今はまだ必死だから楽しいかどうかは分からないけど、自分の場所っていうか、そういうのはできたような気がしてる。今んとこ、たぶん俺いないと梶原さん、少しは困ると思うし」

「アシスタントだけじゃキツいんじゃないのか？」

言葉を噛み締めるように話す彰二を見て、自然と話しかけていた。

「かけもちで働いてるよ。工事現場とか警備員とか、夜しかできないし他と比べて金がいいからどうしてもな。工事現場は結構長くてずっと続けてるんだけど、最近やっと回数減ったかな。両立すんのは疲れるけど、今はまだ何とかやれてる」

「そんなんで大丈夫なのか？　寝る時間あるのか？」

つい心配そうに聞いてしまった史人に、彰二が微笑《ほほえ》んだ。

「最近、結構寝られるようになったよ」

「休みももらってないって言ってた」

「まあアシスタントの方はさ、早く帰れる日もあるんだよ。そういう時は寝だめしてるしな」

そう話す彰二の表情は、以前とは違い、活き活きとしている。口調にも目つきにも、揺らがない芯のようなものが見える気がした。

「あのさ、史人」

彰二がいきなり改まって正座したので、史人も思わず身構えた。「これ」と彰二から差し出されたのは茶封筒だ。手を出さずに眺めていると、更に突き出されて、仕方なく受け取った。中を覗くと、一万円札が何枚か入っている。

「ほんと、ちょっとでごめん！　一年以上働いてこんだけかって感じだけど、俺結構金借りてたし、食うのにかつかつだったから、やっとこんだけ貯《た》めたんだ。本当は、俺が史人に出してもらったのはこのくらいじゃ全然足んないんだけど、ちょっとずつ返してくつもりだから……」

驚きすぎて、言葉が出てこない。まさか現金を渡されるとは思っていなかった。

史人は彰二にお金を貸したつもりなど一切なかった。全て、史人が勝手に進んで出したのだ。だが今思えば、それが彰二の手足を縛っていたのだと思い知る。あの頃は、彰二のためだと信じていたことも、結局は彰二を追い込むだけだった。黙って彰二の尻拭いばかりしていた史人が間違っていたのだ。

差し出された現金は、別れてからの彰二の精一杯だと感じられた。史人にこれを返すために、わざわざこんな場所まで会いにきてくれたのだろうか。ずっと負い目を感じていたのだとしたら、これを受け取ることで彰二の気持ちが少しでも楽になるのかもしれない。

「じゃあ、頂きます。わざわざありがとう」

史人は封筒を両手で摑んで、小さく頭を下げた。

「よかった」

ホッとしたように表情を緩ませる彰二を見て、何かがちくりと胸を刺した。

史人がどれだけ割り切れない思いを抱《いだ》こうが、目の前にいる彰二はもう、以前とは違う。地に足をつけ一人でしっかりと生きている。このお金を渡すために、そしておそらく本当に史人の実家を心配して、来てくれたのだ。それだけだ。

彰二と別れたことは正解だった。あのまま史人が側にいれば、きっと今の彰二はいなかった。それどころか、もっと身を持ち崩していたかもしれない。彰二は一人になれば、自分の足で立つことができる男だったのだ。彰二の曇りのない笑顔を見ていると、自分が彰二の人生を邪魔していたことがよく分かる。

だから、これでよかったのだ。あとはお互いの人生を生きるだけだ。そう思っているのに、史人は彰二のようには笑えなかった。

何もかも忘れたように振る舞うまでに、どのくらいの時間がかかるだろう。あの頃から動けずにいるのは自分だけだと思い知るようで、心はひどく複雑だった。

三日目は早朝五時から家族全員で梨畑に向かった。台風被害の後始末が終わっても、梨畑の仕事は山ほど残っている。防風に耐えた果実の収穫だ。

八月の終わり、日中はまだまだ真夏の暑さだ。梨を採るのには涼しく日の昇りきらない早朝が適していた。

起きられるのかと思っていた彰二は、眠そうな顔をしながらもきっちり四時半に起きてきた。頭にタオルを巻き、自分の頬をパンパン叩いて、「よっしゃ」と叫ぶ彰二の声が、いつもは静かに一日が始まる青木家に、威勢よく響き渡った。

梨棚の高さは長身の彰二には低すぎるようで、常に中腰姿勢でいなければならない。彰二はつらそうに時折腰を叩きながらも、懸命に収穫を手伝ってくれていた。さっきから、真剣な面持ちで梨の実を恐る恐る手にとっては、やけにゆっくり上に持ち上げている。一度採り方の説明はしたものの、あまりにやりにくそうなのでつい口を出してしまう。

「彰二、ほら、こうやって」

色味のいいものを上に持ち上げ、ひょいと枝からもぎ取ってみせた史人に、彰二は眉間《みけん》に皺《しわ》を寄せた。

「同じようにやってんだけどな」

「緊張しすぎなんだって。力入れずに真ん中持って、ひょいって」

彰二も史人と同じように梨の実を動かすと、梨は簡単に枝から離れた。

「おお、さっとできた」

梨の実がスムーズに採れたくらいで感動している彰二に、史人は思わず笑ってしまう。彰二はきまり悪そうに唇を尖《とが》らせた。

「慣れてないんだから仕方ないだろ？」

「いや、ごめん。でもおまえ、やっぱ不器用だよな」

「慣れればいけるんだって」

「ハイハイ」

ムキになる彰二に、史人はますます笑いを堪《こら》え切れなかった。

「俺、こんなにまじまじと梨見たの初めてだわ。果物とか全然興味なかったし考えたこともなかったけど……あれだな、大変なんだな」

興味がなかった、などと梨農家で平気で言うのが彰二らしい。だが、その分嘘がない。しみじみとそんな感想を口に出してくれる彰二が微笑ましく思える。

「一個食べてみる？」

「今？　いいのか？」

史人は作業用の腰バッグにぶら下げているナイフを水筒の水で洗うと、その場で一つを剥いてみせた。

「え、おまえそんなのできたっけ？」

あっという間に梨を裸にしてしまう史人に、彰二が感嘆の声を上げる。

「前からできるし、こんなの普通だよ」

裸に剝いた梨を丸ごと渡すと、彰二は躊躇《ためら》いなくかぶりついた。

「わ、甘《あめ》えっ！」

「だろ」

「梨ってこんな甘かったか？」

「これは甘い品種だから。今彰二に渡した奴はちょっと熟れすぎてる奴。柔らかいだろ？」

「そう言われれば」

彰二は目を上向けながら「基準が分からない」などと首を傾げている。何度も、甘い美味いと言ってくれるのが嬉しかった。大口で梨を頰張るので、甘い汁が彰二の口から顎に伝う。首にかけたタオルとTシャツの間に滑り込むうちに、汗か果汁か分からなくなってしまった。

「ごちそうさま！」

史人はびくりとして、彰二から視線を離した。無意識に、彰二の口唇や顎や首筋ばかりを見つめていた自分に動揺する。焦ってナイフをケースにしまおうとした時、慌てたせいか、刃先が親指の腹を掠《かす》った。

「痛…っ」

思わず出てしまった声に彰二が気付いた。

「わ、史人、血っ」

「あ、あ、ごめん、なんでもない」

「バカ、何謝ってんだ」

少しだけ切ったと思ったのに、予想以上に出血の量が多い。彰二は史人の手を取ると、急いで畑の入り口にある水道まで連れて行った。

「いいよそんな、大げさだ」

「ダメだ」

流れる血に、彰二の方がひどく焦っているようだ。水道水で傷口を洗うと、彰二のタオルで丁寧に傷口を拭われた。

「……血が付くよ」

「いいんだよ。つか、このタオル逆に汚ねーかな、俺汗ふいたし……」

拭《ふ》いてしまったのだからもう遅いと思うのだが、彰二は眉間に皺を寄せてタオルをくんくん嗅《か》いでいる。だが史人は、そんなことよりも、摑んだ手を離して欲しかった。さっきから、彰二に握られた手が気になって仕方がない。触れられた部分から、熱を発しているようだ。

「あ、ごめんっ」

彰二はようやく気付いて史人の手を離してくれた。照れくさそうな彰二と目が合った。

「よかった」

彰二がはにかんだように口元を綻《ほころ》ばせる。

「史人、今日やっと笑ってくれた」

「……」

そんなことを言うのは反則だ。こんな風に笑うのもずるい。晴れ晴れとした表情から目が離せなかった。自分でもどうしたらいいのか分からないほど、彰二が輝いて見える。胸がドキドキと高鳴る。

学生の頃、まだ付き合い始めた頃の彰二を思い出してしまう。あの頃の彰二もやはりいい加減ではあったけれど、優しいところもあった。こんな風に、真っ直《ま》ぐ《す》な目で史人を見つめてくれた。

今更、あの頃の気持ちを思い出したくなんかない。彰二と生きていくことはできないのだと、昨日も思い知ったばかりだ。

だが、彰二はどうせ数日後には東京に戻る。こうして隣にいられる時間も、あと少しだ。それならば、一緒にいられる時間くらいは、楽しんでもいいんじゃないだろうか。笑ってもいいんじゃないだろうか。

何より史人は、彰二の笑顔を見たかった。そんな風に思うくらいは許されるのではないだろうか。

その日の収穫は十時前に終わった。実の選別と箱詰めを済ませると、昼食を簡単に食べ、トラックで出荷場に向かう。史人と彰二は途中の直売所で下ろしてもらった。

「あっちはどこへ行くんだ?」

父親の運転するトラックを見送りながら彰二が問う。

「あっちは農協。市場通してスーパーなんかに行くんだ。ここはこの辺りの農家が共同で経営してる直売所だから直売り《じかう》。この辺の梨畑の人がいっぱい持ってきてるだろ」

直売所は大きなプレハブのような作りだが、梨だけではなく、その他の農産物も生産者の名前とともにたくさん並んでいる。

彰二は物珍しげにしながらも、史人に言われるまま、下ろした梨をワゴンに並べていく。

「あれ、青木さんとこ、新しいアルバイト?」

隣で同じように梨を並べていた女性が史人に声をかけてくる。長靴にエプロン姿の中年女性は、近所の梨農園の奥さんだった。同業者だが、手が足りない時は作業を協力し合うことも多く、持ちつ持たれつの関係だ。

「あ、はい、今の時期だけ友人が来てくれて」

彰二がどうも、とにこやかに頭を下げる。

「いい男ねえ、独身?」

若い男女と見れば必ず既婚か未婚かを尋ねるのは、この辺の女性の絶対ルールなのだろうか。帰ってきた当時は、史人も会う人会う人にいちいち聞かれてうんざりしたのだ。さぞや気分を害しただろうと彰二を見ると、苦にした風もなく笑って首を横に振っている。

「いや俺、ダメ男なんで、モテないす」

「あらそんな」

「いまだに一人で恋人もいないですから」

「まあ、勿体ない」

女性はそう言ってからからと笑う。史人は彰二の横顔をちらりと見た。本当に、付き合っている人はいないのだろうか。彰二がこちらを見たので、慌てて目を逸らす。気にしていると思われたかもしれない。

父親に用事ができたというので、直売所からは歩いて帰ることになった。家までは十五分ほどの道のりだ。

両側に梨畑と田園が広がる道路を、彰二と並んで歩く。照り付ける太陽に、史人は噴き出る汗を拭った。彰二が思い出したように、背中に背負ったリュックから保冷ボトルを取り出した。

「これ、お茶かな。おばさんがくれたんだけどさ」

見慣れたボトルの中に入っているものが何なのか、大体想像がつく。

「飲んでみな」

言われるままに口をつけた彰二は、次の瞬間大声で叫んだ。

「ぎゃっ‼　なにこれうめえっ‼」

あまりに期待通りの反応に、史人は肩を震わせて笑った。

「梨のジュースだよ。台風で落ちて売り物にならない奴を絞ったんだろ。冷えてるから美味《おい》しいだろ？」

「うまい」

彰二は立ち止まってごくごくと喉《のど》を鳴らしたかと思うと、ボトルをスッと史人に差し出した。

「……飲む？」

さり気なく渡してくれたつもりだろうが、何となく照れくさい。けれどこの暑さの中、冷たいジュースは魅力的だ。心の中で言い訳をしながら、差し出されたボトルを受け取った。

一口飲むと、熱の籠《こも》った体内に冷たく甘い果汁が一気に駆け下りていく。目の覚めるような瑞々《みずみず》しさだ。

「梨ってうまいな」

史人が飲むのを見ながら彰二が言った。

「うん」

「もっと早く、ちゃんと食ってればよかった」

東京では、実家の梨を切って出しても、彰二はあまり口をつけなかったことを思い出した。

少し行くと、白い軽トラが一台、路肩に止まっていた。よく見ると、車体が不自然に傾いている。

「どうしたんだろう」

近づいてみると、後輪が側溝に落ちかけていた。運転席の側では、顔見知りの農園のご主人が困ったように頭を掻いている。

「大丈夫ですかっ？」

「おお、青木さんか。いやあ、ちょっとよそ見しててなあ」

路肩に寄せて停車させようとしていたらしい。吹かせば出られないこともなさそうだが、下手をすると更にはまってしまうかもしれないという、絶妙な位置でタイヤは止まっていた。

「これなら押せば出られるんじゃないかなあ」

史人はタイヤを確認しながら、トラックの後ろに立った。

「押しますからエンジンかけてください、彰二手伝って」

運転手がエンジンを掛けたのを見計らい、彰二と二人で、せえので力いっぱい押し上げる。日を浴び続けた車体は熱く、掌は焼けるようだ。何度か全身で押すうちに、タイヤはゆっくりと側溝から出て、道路に乗り上がった。

「悪いねえ、本当に助かったよ」

ご主人は何度も礼を言って、車はやっと走り出した。去っていく車を見送った後、彰二と顔を合わせ同時に息を吐き出した。

「なんか、疲れたな」

笑顔で言った彰二に、史人は汗を拭いながら頷いた。少し先のバス停なら、一応風で飛びそうな程度の屋根がついている。そこで少し休憩することにした。

ベンチに腰を下ろし、梨のジュースを彰二と飲み合った。見通しのいい道路には相変わらずほとんど車の通りがない。道路を隔てた向かい側には田んぼが広がり、その向こうには民家が、もっと遠くには山が見える。道端に目を戻すと、紫色の小さな花が点々と咲いていた。

彰二はリュックからカメラを出し、目の前の景色にレンズを向ける。

「撮るとこなんかある？　何にもないだろ」

「なんでもいいんだ。こうやってファインダー覗くとさ」

シャッターを押す音が何度か響く。

「特別に見えるんだ」

彰二がカメラを構え、当たり前のようにシャッターを切っている姿が感慨深い。史人はこの姿を見るのがとても好きだった。目の前で、もう一度この光景を見られるとは思っていなかった。

「最近は色んなモノ撮るんだ。前は工場ばっか撮ってたけど、今は面白いと思ったものとか、綺麗だと思った瞬間とか、嬉しいなと思ったこととか、その気持ちごと全部、この中に収められたらいいなとか、……思うんだよな」

カメラを下ろして、彰二ははにかみながらも話してくれた。自分の気持ちを正直に言葉にする彰二が眩《まぶ》しかった。思わず見とれてしまうほどに。

今横にいる彰二は、史人が今までに見たどんな彰二よりも、きっと格好いい。彰二の中にこんな部分があったのだ。史人は初めて、本当の彰二を見たような気がした。

彰二はこれからどんなものを見て、どんなものを撮るのだろう。彰二が覗くファインダーの先にあるものを、史人も見てみたい。けれど、それは叶わない。

パシャリ、とシャッター音がして横を向くと、レンズが史人に向いていた。今、ひどくぼんやりしていたのに。

「撮った？」

「うん、綺麗だったから」

「き……」

誰が？　もしかして史人のことを言っているのか。

じわじわと頬が赤くなる。恥ずかしくて顔を覆ったら、掌《てのひら》に泥がついた。さっき車を触った時から、ずっと顔に泥がついていたらしい。こんな汚れた顔を、綺麗も何もないものだ。

「史人、カッコよくなったよな」

彰二が呟いた。まだ頬が赤い気がして、史人は顔を上げられない。

「どこが……？」

「なんか逞しくなった。強いっていうか……いや、前から史人は強かったよな。俺が見えてなかっただけで」

「……強くなんかない」

「いや、おまえは強い。凄いよ。それは俺が一番知ってる」

彰二は真摯《しんし》に呟いたかと思うと、ぱっと明るい声を出した。

「さっきもおっさん感謝してたじゃん。手伝えって言った時とかカッコよかった。俺、惚《ほ》れ直したわ」

まるで冗談のように軽く彰二は言う。けれど、史人は聞き流せなかった。

惚れ直しただなどと、ただの軽口に決まっているのに、一瞬本気だろうかと考える自分が嫌だ。別れて一年半も経った相手の冗談を真に受けるなんてバカみたいだ。意識しすぎて、顔を見ることもできない。

きっとこんな風に思っているのは史人だけだ。彰二は何も考えていないのだ。

だが、どんなに自分を諌《いさ》めても、心は正直だ。史人は、彰二が今、側にいることが嬉しい。一緒に過ごし、笑いあえるこの時間が幸せだ。地元に戻ってきてから、こんなに明るい気持ちで一日を過ごしたことはなかった。こんなに空の青や田んぼの緑を綺麗だと思ったことはない。道端の紫の花に気付いたこともなかった。

隣に彰二がいるからだ。彰二がいるだけで、史人の世界はこんなにも眩しく変わってしまうのだ。

彰二がやってきてから六日目、その日は雨が降っていた。早朝、縁側から外の天気を眺めていた史人に父親が言った。

「史人、矢井田君が帰る前に、どっか連れてってあげたらどうだ」

史人はきょとんと父親の顔を見返した。仕事を休んで彰二と二人で出かけるなんて、考えてもいなかった。

「仕事は」

「この雨じゃ色も見にくいし、矢井田君に収穫は難しいだろう。彼がいてくれたおかげで昨日まで随分楽ができたんだし、おまえだって休んでないだろう？　東京からせっかく来てくれたんだから、少しは息抜きしたらいい」

父親に言い聞かされていると、彰二が一階の客間から起きてきた。

「わあ、雨っすねえ」

彰二はすっかり慣れた様子で、台所にいる母親に向かって話しかけている。

「な、ちゃんと連れてってあげるんだぞ」

父親は念を押して、朝食が用意されている台所に消えた。彰二が縁側の史人の元にやってくる。

「雨だなあ。やっぱ雨でも収穫てするんだよな?」

彰二の髪は寝癖でぼさぼさだ。起きたばかりで髭も少し伸びている。

「なあ?」

返事をしない史人に、彰二がもう一度問うてくる。

「……今日は、仕事するなってさ」

「は?」

「どっか行けって。二人で」

彰二がぽかんと口を開けた。開いた口は、徐々にうずうずと落ち着きなく揺れはじめる。

「マジで?」

そう言った彰二の声は完全に弾んでいた。嬉しさを隠さないあからさまな反応に、史人は内心でひどく戸惑っていた。

どこかに行けと言われても、この辺は田舎でめぼしいレジャースポットの一つもない。車を走らせれば街には出るが、東京で暮らしている彰二が、あんな田舎町に行ったところで退屈極まりないだろう。

ただ、自然だけは幾らでもある。彰二がカメラをリュックにつめるのを見て、景色のいい場所へのドライブを思いついた。雨が降っているのが残念だが、景色が見られないわけではない。

父親に車を借り、史人の運転で出発した。

雨の中、両側を山に囲まれ曲がりくねった一本道を、一時間半ほどひたすら走る。彰二は窓を少し開け、隙間から外の景色に向けてシャッターを切った。途中で廃屋や乗り捨てられたバイクなどを見つけると、わざわざ車を降りて写真を撮る。

「やっぱ錆《さ》びたところ、たまんねえよな」

同じことを学生の頃にも何度か聞いたことを思い出し、史人は密《ひそ》かに笑った。

山道を登り切った場所にはロープウェイ乗り場があった。広い駐車場に車を停め、二人でロープウェイに乗り込む。

「俺、来たの中学校以来かも」

史人は以前、社会見学か何かの時に一度、この展望台に上がったことがある。だが、それ以来一度も来ていない。

柵《さく》で囲まれただけの展望台に着くと、一気に視界が開け、雲と山々の広大なパノラマに囲まれた。遠くの山の合間には大きな湖がうっすらと見えている。雨のせいで全体的に靄《かすみ》がかかり、青も緑もくすんで見えるのが残念だ。

「これはこれで幻想的で綺麗だ」

彰二はそう言ってくれたが、本来ならば湖の青がはっきり見えるはずなのだ。雨が降ったから来られたのだが、やはりどうせなら晴れた日の景色を彰二に見せてやりたかった。

望遠レンズを取り付け、カメラを構えている彰二を背後から眺めていると、二人で鈍行に乗って行った旅行のことを思い出す。史人だけ先に帰ることになってしまい、その時はひどく寂しかったけれど、こうして何度も思い出すくらいには楽しかったのだと思う。

彰二が大学を辞めてからは、デートらしいデートをしたことがない。近所に夕飯を食べに行くとか、珍しく買い物に付き合ってもらうとか、そういうことは何度かあったが、二人でいるために二人で出かけるということは、あれから一度もなかった。

それなのに、一度別れて、もう取り返しがつかない関係になってから、まるで恋人同士のように穏やかな時間を過ごしているなんて、不思議なものだ。ついこの間まで、史人は彰二とこんな時間が過ごせるなどと、欠片ほども思っていなかった。

もう一度、別れる寂しさを味わうことになるなんて、想像できるはずがない。

「史人」

彰二が不意に振り返った。

「ありがとうな」

「……」

「今日はデートできて、凄い嬉しかった。凄い楽しい。雨が降ってくれて、よかった」

「彰二……」

「あー、なんか腹減ったな」

彰二はくるりと背中を向け、誤魔化すように身体を伸ばした。

彰二は残酷だ。明日には帰ってしまうというのに、何故史人の心をかき乱すのだろう。一日ごとに史人の心は彰二でいっぱいになっていく。笑っていようと決めたはずなのに、明日、自分の隣に彰二がいないことを思うと、喪失感が体中を支配する。胸が痛くてたまらなくなる。

「下のレストハウスでなんか食うか」

もう一度振り返った時、彰二は屈託なく笑っていた。史人は胸が押し潰されそうな寂しさを押し隠して、なんとか微笑み、頷いた。

連れ立って再びロープウェイに乗り、駐車場まで下りる。レストハウスで昼食を食べた後、彰二がソフトクリームを買ってきた。

「彰二、そんなの食べたっけ？」

「俺最近、甘いの好きなんだ」

「疲れてるんじゃないか？」

「そうかな」

彰二は渦巻き状のソフトクリームの半分を一気に齧《かじ》って半分にしてしまうと、残りを史人に差し出した。

「はい」

まるで、いつもそうしてでもいるように食べかけを差し出されて一瞬躊躇《ちゅうちょ》したが、史人も思い切って齧りついた。

「美味しい」

彰二はだろ？　と返したかと思うと、史人の口元をついと親指の先で拭った。指についたクリームをぺろりと舐め、残ったソフトクリームを数口であっという間に口の中に入れてしまう。呆気にとられている史人に、いつも時間がないから早食いの習慣がついてしまったのだと言い訳のように言った。だが、史人が驚いたのはそんなことじゃなかった。

帰り道は行きの倍の三時間かかった。彰二が店の看板や名所の案内板を見つける度、あそこに寄ろうここに寄ろうと言うからだ。だが、史人も嫌だとは言わなかった。このまま真っ直ぐ帰れば、楽しい時間が終わってしまう。

寄り道をしながらもやっと家に帰りつくと、夕飯の少し前だった。彰二は道の駅で自分が買ってきた切り花を母親へ渡している。お土産のつもりらしい。母親は久しく聞いてない高い声を上げ、とても喜んだ。女たらしぶりに呆れてしまう。

「彰二君、明日帰るなんておばさん寂しいわ。明日からお祭りもあるのにねえ。まあ祭りって言っても、町中に紙垂《しで》と灯籠《とうろう》さげるだけなんだけどね。結構綺麗なのよ」

「俺、収穫時期に毎年来ましょうか？」

本気で寂しそうな顔をしている母親の横で、彰二が思い付きのように口走る。

「え、本当に？　おばさん本気にするわよ？」

「いいですよ。おばさんにも会いたいし、みぃにも会いたいし」

ちょうど足元にやってきたみぃを見下ろしながら彰二は言う。

冗談のつもりだろう彰二の軽口が、今は少し憎らしかった。


風呂から上がって二階の自室に戻り、これから寝ようと言う時間だった。とん、と木製のドアがノックされ、どきんと心臓が鳴った。

「史人、俺」

彰二の声に、心臓はますます激しくがなり立てはじめる。これまで、彰二が一階の客間からここへ上がってくることは決してなかった。史人は爆発しそうに打ち続ける胸をぐっと握るようにしながらも、ドアを開けた。

「な、なに」

そろりと顔を見上げると、彰二は思いつめたような顔で、史人をじっと見つめていた。

「話があるんだ」

「俺、もう寝るんだけど」

「すぐ済む」

何の話があるのだろう。今更何を言うのだろう。

彰二の話を聞くのが怖い。

「……明日にしよう」

「今がいい」

「どうして」

「明日になったら、勇気が出ない」

彰二の声には鬼気迫るものがあった。この数日間、彰二は一度もこんな声を出さなかった。

「史人、俺……」

「彰二」

史人は俯いたまま、彰二を遮《さえぎ》った。

「俺、お礼言ってなかったよな。来てくれてありがとう、本当に助かった。父さんも母さんも喜んで、俺も仕事助かったし」

「史人、あのさ……」

「彰二、凄くかっこよくなってたから俺本当に驚いた。俺は結局、彰二を苦しめただけかもしれないけど……今頑張ってることがあるなら、やれるとこまで頑張って欲しい」

「史人……」

言いたいことだけ言ってしまうと、史人は素早くドアを閉めた。

怖くて仕方がなかった。彰二の顔も見られない。これ以上見ていたら、泣いてしまう。今にも余計なことを口走ってしまう。

彰二が好きだ。今でも好きだ。別れてからこれまでの時間、何度も捨てようとした思いは、未だに史人を支配している。彰二の笑顔一つで、今度こそうまくいくのではないか、などと甘い夢を見てしまいそうになる。

だが、東京で彰二とすれ違っていった日々が消えてくれるわけじゃない。寂しさや苦しさも、まだ史人の中に残っている。一緒にいれば、あの痛みをもう一度繰り返すに決まっている。甘い夢は見たくない。

だから、何も言わずに消えて欲しい。

「史人……ごめんな」

ドアの向こうから彰二の声が聞こえた。

史人は胸で握り締めていた手をそろりとドアに伸ばした。声の聴こえる辺りにぴたりと当ててみる。

「ごめん。今更謝っても遅いってわかってんだ。今更会いに来て、ほんと何がしたいんだって感じだよな。あんなにおまえを傷つけといて、都合がよすぎるよな。……けど、ニュース見たら居ても立ってもいられなくなって、少しでも役に立てたらって……最初はそれだけでいいって思ってたんだ。それ以外、俺には何をする権利もないんだって、ちゃんと言い聞かせてここへ来たんだ」

彰二の声がふと途切れた。史人は不安になって、ドアに耳を近づける。

「……史人がいなくなってから、どうやったらおまえに認めてもらえるだろうって必死だった。おまえにもらったもの、どうやったら返せるだろうって。……けど、毎日目の前のことやるだけで精一杯で、結局どうしたらいいかは分からないままだ。……いつも思ってた。史人がいてくれたら……史人の心が俺の側にあるって思えたら、たぶん、たぶんもっと前へ、進める気がするって。……俺がこんなことを言えた義理じゃないのはよく分かってる。勝手なこと言ってる、けど」

彰二。史人は声に出さずに吐息だけで呟いた。今どんな顔をしているのだろう。ドアの向こうの彰二の顔が見たい。

「史人が好きだ。今でも、どうしても好きだ。もう一度、もう一度だけ俺を……信じて、くれないだろうか」


翌日も、彰二は夕方まで仕事を手伝ってくれた。帰る日くらいゆっくりしろと言っても聞かず、畑に出て精力的に出荷までの作業を手伝い、午後は草刈りに汗を流した。

夕方、辺りが暗くなり始める頃、梨畑から直接帰るという彰二を、父親が電車の駅まで軽トラで送ることになった。

「矢井田君、これ」

史人の父親に封筒を差し出されて、彰二は飛び退《すさ》って恐縮した。

「い、いらないいす、俺勝手に来たんだし」

「いやいや、ビール券だから。それとお米券。ごめんな、こんなもんしか上げられなくて。本当に助かったんだよ、爺《じい》ちゃんが入院してから常に人手が足りなくてなあ。アルバイトを雇ってたんだが、この台風前には皆帰してしまってたし。本当にありがたかった、感謝してるよ。って言ってもほんと大した礼でもないけど」

丁寧に言われて、彰二は困っていた。

「彰二、受け取ってやって」

史人が横から言うと、彰二はやっと封筒を受け取り、「すんません」と、深々と頭を下げた。

史人はトラックの助手席に乗る彰二を、畑の横に突っ立って眺めた。荷台には母親が彰二へ用意した、梨とお手製の梨ジュースの詰まった重そうな紙袋が載っている。母親は昼に別れを告げていた。今頃は家で夕飯の準備をしているだろう。

史人の頭では、昨日の彰二の言葉がぐるぐると渦巻いていた。

あの後彰二はすぐに一階へ下りてしまい、史人はろくに眠れないまま朝を迎えた。今日も一日は慌ただしく過ぎ、彰二とはまともに話をしていない。

彰二は本気であんなことを言ったのだろうか。

心のどこかに、彰二を信じたい自分がいる。けれど、受け入れるのが怖い。また傷つけ合うかもしれない。身も心も彰二でいっぱいになって、二人で落ちていかない保証がどこにある？

いつのまにか日は落ちかけ、空は淡い紫色へと変わりつつある。

彰二が助手席の窓から顔を出して、史人を見つめた。史人はただ、彰二の目を見つめ返すことしかできない。

「じゃあ……」

短い一言だった。たったそれだけで、行ってしまうのか。

このまま別れてしまっていいのだろうか、本当に。

ひどく焦っているのに、身体が動かない。声も出ない。

トラックが走り出す。

「待っ……」

言いかけた言葉が形にならないうちに、白いトラックは、梨畑のでこぼこ道をゆっくりと下っていく。

次に彰二に会えるのはいつだろう。また会えるだろうか。その時、史人は彰二の笑顔を、どんな思いで見つめるのだろう。

本当にこのままでいいのか。

「好きなのに……」

呟くと、思いが次々に溢れて止まらなくなった。出会ってからこれまでずっと、彰二を嫌いになれたことなど一度もない。傷ついて腹が立って、逃げ出しても、やっぱり、どうしても、好きで好きでたまらなかった。今この時も。

史人は梨畑の細い道を全速力で駆け出した。

「待って、彰二……っ」

その時、数十メートル先の軽トラが突然止まった。助手席から彰二が降りて、カメラ片手に史人の元まで駆け上がってくる。史人は呆然とした。

「史人」

彰二は肩で息をしながら、切羽詰まった真剣な面持ちで史人を呼んだ。有無を言わさず史人を引き寄せると、背後から腕を回し、目の前にカメラを宛がってくる。

「見て」

言われるままにファインダーを覗き込む。

切り取られたフレームの中に、幾つもの小さな光の点が遠くまで連なって見えた。控えめで優しい光は、灯籠の明かりだ。今日は地域の祭りの日で、明かりを灯《とも》した灯籠を、道路に一斉に吊《つ》るすのだ。遠くの街に見えるのは、家々の軒先に灯した灯籠だった。

まだ暗くなりきらない夕暮れに、柔らかな橙色《だいだいいろ》の明かりがぼんやりと揺れている。綺麗だと思った。見慣れている筈の光景が、小さな四角で切り取るだけで、ひどく特別で、神聖なものに見えた。

「……本当はもっとでっかくて、もっと派手な宝石みたいな光景を、おまえに見せてやりたかったんだけど……今の俺にはこれが精一杯だ」

耳元に、彰二の声が直接響く。

橙の小さな明かりが、涙でにじんでぼやけて、広がった。

「約束、守れなくて……ごめんな」

彰二の声が少し震えている。史人は口唇を嚙み締めた。離れていこうとする彰二の腕を捕まえる。振り返って、なりふり構わず抱きついた。

「どうして……？　宝石みたいに、綺麗だ……」

声が震えて、うまく喋れない。彰二のシャツに顔を埋《うず》めて泣いた。彰二の汗の匂いがする。

辺りには甘すぎる梨の匂いだ。

彰二の硬い腕が背中に回ってきた。きつく抱きしめられる。

「ごめん、史人」

鼻に掛かった泣き声が聞こえた。

「ごめん、好きだ」

史人は頷いた。彰二の腕に抱きすくめられながら、何度も何度も頷いた。

てのひらのひかり

十一月の初め、史人《ふみと》は東京行きの電車に乗っていた。窓から見える空は高く、鮮やかなブルーをくっきり遮《さえぎ》る山々の裾《すそ》には、田畑や民家が広がっている。地元から東京へ戻る時の、見慣れた長閑《のどか》な風景だ。

最後にこの景色を見たのは約二年前の寒い季節だった。目に映るものは全てどんよりとした灰色で、史人の心をそのまま写し取っているかのようだった。あの時の史人には、車窓の向こうに鮮やかな色彩が広がることなど想像もできなかった。自分の前には永遠に、冷たく沈んだグレーの世界が、広がっているのだと思っていた。

それなのに、今史人の目に映る世界は穏やかで美しい。心は逸《はや》り、東京に着くまでの数時間がもどかしかった。

彰二《しょうじ》が史人の地元にやってきたあの夏の終わりから二ヶ月が過ぎた。その間、彰二とは電話やメールでやり取りしていたものの、直接会ってはいない。史人は相変わらずナシの収穫に追われ、彰二は夏に休んだ反動か、休みらしい休みがほとんど取れないようだった。日帰りできる距離なのだし、会おうと思えば史人が会いに行くこともできる。けれど、働きずくめの彰二のことを思うと、簡単に会いたいとは言えなかった。それに、会うとなれば身構えてしまうし、やはり落ち着いてゆっくり会いたい。

あっというまに時間が過ぎ、十一月に入ると、梨の最盛期が終わった。史人にも少し時間の余裕ができた頃、やっと彰二も一日休めそうだと言う。会うなら今しかないと、父親に三日間休みをもらい、史人は東京に出てくることにしたのだ。

会えると決まってから、何をしていても彰二の顔が目の前に浮かぶ。楽しみな反面、緊張していた。一緒にいられるのは正味たったの一日半だ。その間に話したいことがたくさんあった。

今日は夕方まで仕事だという彰二を、部屋で待つことになっている。教えられた住所を頼りに、史人は彰二の新居に向かった。以前史人のマンションがあった場所にほど近い、静かで落ち着いた町だ。駅から歩いて十分強、アパートに着いた時には、午後の太陽が随分傾いていた。木造二階建てのアパートを目の前にした時、「ボロいから…」と何度も繰り返していた彰二の声を思い出した。確かに、これはかなり年季の入った古さだ。階段に足をかけると、ぎしりぎしりという音がアパート全体を揺らし、今にも足元が抜け落ちるのではないかと心配しなければならなかった。

彰二は昔から、見た目や形に拘《こだわ》っているようなところがあった。学生の頃一人暮らししていた部屋も、学生にしては不相応なこ洒落《じゃれ》たマンションだったのだ。あの頃とのギャップに少し驚いてしまう。

二階の端の、塗装が破けて撓《たわ》んだドアの横に、「矢井田《やいだ》」とノートの端に殴り書いたような紙切れが貼ってある。郵便受けの下を探ってみると、彰二に言われた通り、銀色の鍵が出てきた。こんなに簡単な隠し場所で不用心ではないだろうか。

主のいない部屋に上がり込むのは多少緊張する。彰二が帰ってくるまでにはあと二時間くらいはあるだろう。早く来すぎてしまった自分の浮かれ具合に苦笑いが漏《も》れる。部屋を見回すと、脱ぎっぱなしの服が投げてあったり、帽子や鞄《かばん》が部屋の隅に無造作《むぞうさ》に固まっていたりと、散らかっている。これまでの彰二を考えれば、随分片付いている方だろうが、何もしないで待っているのも手持ち無沙汰《ぶさた》で、史人は部屋の中を簡単に片付け始めた。人の部屋をあまり勝手に触るのも気が引けるので、一応気を使いながらの掃除だ。シンクに溜まっていた食器を洗い、背後のラックに片付けていると、ふと見覚えのあるものが目に入った。重ねた食器の奥に見えるのは、史人が以前使っていたグリーンのマグカップだ。あのマンションでの私物は大体処分したが、最後に使ったカップはそのまま置いてきてしまったのだ。手に取ってみると、しっくりと馴染む重みが懐《なつ》かしい。きっと、彰二がここまで連れてきてくれたのだと思うと、胸の奥がじわりと温かくなる。離れていた間も、彰二と密《ひそ》かに繋《つな》がっていられたような気がして、史人は今更のように、今自分がここにいることを幸せに思った。

この二ヶ月はひどく落ち着かない毎日だった。最初は彰二と過ごした数日間が幻のように不確かに思え、彰二の言葉を何度も思い返しては、信じようと自分に言い聞かせた。

だが彰二は頻繁に電話をくれた。今日はどんな撮影をしただとか、これから工事現場に向かうだとか、毎回他愛のない話をしてはすぐ切れてしまう短い電話だったが、彰二が自分のことを語ってくれるのは新鮮で嬉しかった。応えたくて、史人も日常のことを話した。不思議なもので、一緒に暮らしていた数年よりも、電話で一日の出来事を話す時間の方が彰二を近くに感じることができた。考えてみれば、以前はお互いの仕事の話など一切しなかった。失敗したことも褒《ほ》められたことも、ほとんど口にしたことがない。彰二との関係を一からやり直しているような初々《ういうい》しい気持ちとともに、彰二を好きでいていいのだという思いが、徐徐に強く、心の中に根を張っていった。

そして、史人の中ではっきりとしてきたことがあった。この二ヶ月間、ずっと考えていた。

こっちに戻って、彰二の側で生きること。

今更だと言われるかもしれない。勝手に出て行ったくせに、今度は簡単に戻ってこようだなどと、我ながら都合がよすぎると思う。けれど、時間が経てば経つほど彰二の側にいたいという思いが強くなる。あんな思いをしてもまだ懲《こ》りないのかと、自分自身を問い詰めてみても無駄だった。

どうしても彰二の側にいたい。

正直、離れたまま彰二と付き合っていける自信もないのだ。彰二がずっと好きでいてくれるという確信もなければ、自分は不安に潰されないと言い切ることもできない。

できれば、東京に出てきたこの機会に、今後のことを彰二と話したかった。

彰二は何と言うだろうか。いい返事をくれるだろうか。

彰二からメールが入ったのは、夕方の五時になろうかという時間だった。

『ごめん、ちょっとどうしても遅くなりそうなんだ。腹減ったらなんか食っててくれていいから。ほんとごめんな』

仕事の終わる時間は不規則だと言っていたから覚悟はしていたが、やはりすんなり帰ってくるというわけにはいかないらしい。

彰二がしっかりと頑張っていることを、今更ながら実感する。懸命に働いている姿は単純に嬉しい。

だが本音を言えば、一刻も早く顔を見たかった。史人はテーブルに片頬を押し当て、待ち遠しさにため息をついた。

いつのまにかうとうとしていたらしい。ドアの鍵を回す音がやけに大きく聞こえ、史人ははっと目を覚ました。寝起きのぼんやりした頭に、アパート全体を揺らすような大きな足音が響き、史人は部屋の入り口に顔を向けた。背の高い男が、こちらを見下ろし仁王立ちしている。はぁはぁと肩で息をするその姿に、思わず笑みがこぼれる。きっと、懸命に走って帰ってきてくれたのだ。

「おかえり」

「いた」

彰二は呟《つぶや》いたかと思うと、史人の前に駆け寄ってきてしゃがんだ。

「信じらんねえ……史人がいる、ここに」

あまりに間近で顔を見つめられ、ぼんやりしていた意識がようやくクリアになる。心臓がどきどきと鳴り始め、頬に血が上るのが分かった。

「いるよ、待ってるって言っただろ…？」

「けど、この目で見るまでは半信半疑っつうか」

彰二の素直な反応が照れくさくて、つい俯《うつむ》いてしまった。こんなに正面から凝視されてはどういう顔をしていいか分からない。

不意に伸びてきた手が史人の頬に触れた。突然のことに驚いて、びくりと身体を撥《は》ね上げてしまう。

「あ、ごめん」

彰二は我に返ったように手を引いた。

「ごめん、驚かせて」

申し訳なさそうに何度も謝る彰二に戸惑ってしまう。別に謝られることは何もなかった。こんな風に遠慮するのは、彰二らしくない。

「……そんな、謝らなくても」

「だって、嫌われたくねーもん」

「……?」

「今度は俺、大事にするって決めてるし」

彰二はぼそりと呟くと、照れ隠しのように視線をずらし、さっと立ち上がった。

「飯、食った?」

時間は夜の九時を過ぎている。そういえばひどく空腹だ。

「まだだけど」

「腹減っただろ? ごめんな、せっかく来てくれたのに待たせて。俺、飯買ってくるわ」

「そう言えば、冷蔵庫に食材があったけど自炊してるのか?」

掃除をした時、冷蔵庫を開けた。野菜が少しと卵が入っているのを見て、まさか彰二が自炊しているのかと驚いたのだ。一緒に暮らしていた時は、彰二がキッチンに立つ姿など見たこともなかった。

「自炊ったって人に食わせるようなもんは作れねーよ。安上がりだから作る方が多いってだけで」

「でも作るんだろ? 彰二が普段食べてるものでいい。作ってよ」

「だからそんな、おまえに食わせるような……」

気乗りしない様子の彰二を、断固譲らないという意志を込めて見つめる。彰二は折れたのか、結局頷《うなず》いた。

「ほんっとうにつまんねー飯になるぜ？　がっかりしても知らねーからな」

史人は神妙な面持ちで頷きながらも、内心はかなりわくわくしていた。

しばらくして、彰二はむくれた顔をしながら、丼《どんぶり》と箸《はし》を史人の前に置いた。

「俺特製、もやし丼」

もやしと揚げ玉を卵で綴《と》じてあるらしい。彰二はヤケクソと言わんばかりの、不満げな顔をしている。

「あーあ、最悪だ俺……。せっかく史人が出てきたのに、こんなもん食わせる羽目になるなんて」

情けなさそうに零《こぼ》す彰二を放っておいて、史人は黙々と丼を口に運んだ。思ったよりは味が濃くて美味しい。砂糖醤油《さとうじょうゆ》の加減もちょうどよかった。

「うまいよ。揚げ玉が効いてるな」

「嘘つくなよな」

「嘘じゃないって」

「いいんだってお世辞は。おまえってほんとそういうとこあんだよな。いいことばっか言うなよ」

そういうとことはどういうとこだ。

「……じゃあ、見た目の割にマシな味。って言えばいいのか？」

ムッとしたまま正直に口にする。彰二は昔から、こうして史人の性格を無遠慮に突いてくる。史人はその度に小さく傷つくのだ。彰二は驚いたように目を見開いた。

「ほら、こう言ったらショックって顔するくせに」

彰二は虚《きょ》をつかれたような顔で史人をまじまじと見つめている。やがてぼそりと呟いた。

「……なんかおまえ、あれだな、どっしりしたな」

彰二は複雑な顔をしていたが、すぐに再びもやし丼をかき込み始める。大して気にしてはいないようだ。

なんだかスッとした。言い返したのは初めてかもしれない。

これでいいと言っているのに、彰二は何度も悔しそうに言った。

「今度は絶対、もっといいもん食わせるから」

史人が食器を洗って戻ると、彰二はいつのまにか床に転がって眠ってしまっていた。きっと疲れているのだ。明日はせっかくの休みなのだから、彰二のためにはゆっくり休んだ方がいいのだろう。史人が押しかけてきたことで、余計に疲れさせてしまわなければいいのだが。

寝転んでいる彰二に上着をかけてやりながら、史人はテレビ横のカラーボックスを見つめた。そこには彰二が学生時代に使っていた古いカメラが置いてある。未だに使っているのかは分からないが、何故か強烈な存在感を放っているカメラは、まるで、再び始めようとしている自分たちをじっと戒《いまし》めているように感じられた。

翌日は午前中から二人で写真展に出かけた。彰二の知り合いが参加しているグループ展で、電車に乗って数駅の街中で行われていた。せっかくの休日、彰二はどこか遠出する気でいたらしいのだが、史人が近所でゆっくり過ごしたいと提案したのだ。

「今フリーで仕事してる人なんだけど、前、梶原《かじわら》さんのアシスタントやってたらしいんだよな。何度か梶原さんのとこで顔合わせてさ。一応顔出さないとってずっと思ってたんだ」

真っ白なギャラリーは幾つかのパーテーションで分けられ、それぞれのスペースに雰囲気の違う様々な写真が飾られていた。史人には、写真の善《よ》し悪《あ》しはよくわからない。彰二に聞こうと思ったが、彰二もぶらりと一通り見て、「これいいな」とたまに呟くくらいだった。

「正直、あんま他人の撮ったもん、興味ないんだよな」

写真展へ来てその発言はどうかと思うが、彰二はぼそりと教えてくれた。全体をざっと見て回った後、彰二が主催の一人と少しだけ話し、ギャラリーを後にした。

黄色く色づき始めた街路樹が並んだ通りには、洒落た雰囲気の店が続いている。普段は若者で溢《あふ》れているのだろうが、昼前ということもあり、人通りはまだ少ない。

穏やかな秋の日差しの下、史人は彰二と連れ立って明るい街並みを歩いた。何てことはない些細《ささい》なことだが、これまでの自分たちには得がたい時間だ。

「彰二はああいう、写真展みたいなのってやらないのか？」

「うーん、ずっと余裕がなかったからなあ。正直、グループとか大勢で動くの苦手なんだよな。だからって一人でやるには金も時間も腕も足んねーし」

何やるにしても、まずは人と付き合わないとなあ。と彰二は呟いた。

「つっても、悠長なことばっかりも言ってらんねーんだ。俺、梶原さんのアシスタントについて、もうそろそろ二年くらいにはなるだろ。たぶん来年くらいには独立すると思うんだよな。梶原さんがそういう風に言ってくれてて、いつまで雑用やってても先がないからってさ。だからまあ、人脈作っとけ、みたいなこと言ってくれんだ。軽く言うけどさ、苦手だぜ……」

確かに彰二という人間と人脈作りという言葉は、かけ離れているように思える。だが、他人と物怖《ものお》じせずに話せる彰二の性格は、史人に比べれば横の繋がりを作っていくのに向いているのではないだろうか。

「こういう仕事したい、とかってあるのか？」

「いや、まずは仕事として写真撮れれば何でもいい。食ってけるようになったら、好きなもんが仕事になればいいなと思ってるけど、そういうのは先の話だな。とにかく最初は、物撮りとか小さい仕事でもなんでも貰ってかないと。編プロの人で、独立したら声かけてやるって言ってくれてる人もいるし、そういうの頼ってさ」

業界のことはよく分からないけれど、きっと厳しい道なのだろう。彰二なりに考えているらしいことに、安心と同時に、感心する。

「彰二が撮りたいものって変わらないのか?」

「前も言ったけど、今は練習もかねて色々撮るようにはしてる。人も撮るし風景も撮るし、楽しいしな。けど、何が好きかって言われたら、やっぱ工場なんだよなあ、コンクリートとか錆《さび》とか鉄とか、なんでだろな。昼間に見るとあんなに無機質なのに、夜に光当てると怪獣みたいじゃないか? 動き出しそうっていうか。そういう変化もたまんないんだよな。そういうのはまた別に撮り溜《た》めてんだ」

隠した宝物のありかを告げるように得意げに語る彰二を見ていると、つい表情が緩《ゆる》んでしまう。好きな物の話をするときの彰二は、やはり純粋で眩《まぶ》しい。

きっと、輝いているのは純粋さばかりではない。昔ともまた違う、地に足をつけて歩こうとしている彰二の、力強さが眩しいのだ。史人はいつまでも学生の頃の彰二の面影を引《ひ》き摺《ず》っていたけれど、今の彰二はあの頃よりも何倍も輝いて見えた。彰二の歩く道は、この先もきっと明るい。史人にはそう思えてならなかった。

昼食と買い物を済ませ、街中で行われていたイベントを覗き、カフェでお茶をした。三十にもなって情けないことかもしれないが、史人はこんな風にデートらしいデートもほとんどしたことがない。何となく気後れしている史人を置いて、彰二は街中で試飲に出されている珈琲《コーヒー》を平気で飲み、子供に配っている風船を無理を言って貰い、女子だらけのカフェに堂々と入っていったかと思うと、店員を大声で呼んだ。

「史人、これ頼んでよ。んで半分ちょうだい」

女性店員の前でゴテゴテと生クリームやフルーツが盛られたパンケーキを指し、そんな風に言ってくる。ただでさえ、彰二が椅子に括《くく》り付けた風船を、他の客がじろじろ見ている気がして恥ずかしくてたまらなかったのだ。その上、彰二の声が無遠慮に大きいものだから、史人はもう何でもいいからと頷くことしかできなかった。図太いところのある男だと知ってはいたが、今更ながらに思い知ってしまった。ちなみに、風船は電車の中で欲しがった女児にあげていた。「プレゼント」だなんて笑顔で言いながら、見も知らぬ女児に風船を渡す横顔は女たらしそのものだ。女児よりも母親が喜んでいた気もして、複雑な気分だった。

一度家に帰ってから、夕飯は近所の定食屋で済ませた。二人で銭湯に行き、出たのは夜の八時過ぎだ。

夜の空気はひんやりと冷たく、身体の熱をあっという間に冷ましてしまう。五分ほどの帰り道を歩きながら、彰二が深いため息をついた。

「やっぱ、風呂のあるとこに引っ越してえなあ」

行く途中でも同じことを言っていたから、これで二回目だ。

「でも、大きい風呂って久しぶりだったし、楽しかったけどな」

「俺は苦しかった……」

隣で彰二がぼそりと漏らした。

「え？」

聞き返すと、彰二は素知らぬふりで顔を背けている。

もしかして、彰二も史人と同じことを考えているのだろうか。

口では楽しかったと言ったが、本音は随分微妙な心持ちだった。二年近くほとんど接触のなかった恋人と、キスすらしていない状態で、突然一緒に風呂に入るというのだ。何も意識せずにいられるほど史人は枯れていない。彰二は気にしてないかもしれないと思いながらも、やはり不自然な態度になってしまい、そそくさと風呂を出たのだ
史人はごくりと唾を飲み込んだ。

「……俺も結構、つらかったけど」

勇気を出して言ってみる。彰二が物凄い勢いでこちらを振り向いた。顔を覗き込まれて途

端に恥ずかしくなり、史人は歩調を速めた。

「早く帰ろ」

「……だな」

彰二の短い一言には、やたらと熱がこもっているように感じられた。気温は低く、身体の熱はすっかり冷めてしまったのに、頭だけのぼせたまま、一向に冷める気配がない。

二人とも無言のまま、急くようにしてアパートに戻った。明かりをつけた部屋で向き合う。彰二も緊張しているのか、頬が強張《こわば》っていた。

「史人」

名前を呼ばれただけなのに、心臓が鳴った。昨日の夜からずっと二人でいるというのに、今突然、この部屋に二人きりだと言う実感が湧いてくる。

「彰二……」

その時、彰二のポケットで軽快なコール音が鳴り響いた。彰二は表示された名前を見て、眉を顰《ひそ》めながらも携帯に出る。

「あ、はい、おつかれっす」

史人はどくどくと鳴る心臓を拳《こぶし》で押さえた。盛り上がっていた気分が一瞬冷静になる。自分を落ち着かせようと、何度か深く息を吐き出した。

電話が終わると、彰二は突然両手を合わせて、史人に深く頭を下げた。

「ごめん！　ほんっとごめんッ！」

どうやら、工事現場の方から仕事の電話らしい。来る予定だった作業員が突然二人も来れなくなったと言う。夜間なこともあり、なかなか代わりが見つからず、とうとう今日休みをとっていた彰二に電話がかかってきたということらしかった。

「ごめんな。俺、会社にはいつも凄い世話になってるからさ、こういう時くらいしか返せねーんだ……」

彰二は項垂《うなだ》れながらも正直に口にする。史人は微笑《ほほえ》んで、頷いた。

「気にしなくていい、俺は大丈夫だから。それより、明日も仕事なのに大丈夫なのか？　無理してるんじゃないのか？」

「ああ、身体の方は大丈夫。夜中の仕事はいつものことだから。現場が近いし、数時間で終わるから朝になるまでには帰れると思う」

慌てた調子で話しながら、彰二は手早く紺色の作業服に着替えていく。現場はここから歩いてでも行ける距離だが、一度事務所に顔を出し作業員全員で向かうのだそうだ。仕事が終われば、現場から直帰できるらしい。

見慣れない作業服姿もなかなか似合っている彰二は、玄関に向かう途中でふと足を止め、史人を振り向いた。

「寝ててくれていいから。……ほんと、ごめんな。せっかく来てくれたのに」

「いいって。慌てて怪我とかするなよ?」

「史人……」

「ん?」

「……いや、また何度でも、会えるよな?」

不安気な顔で問われて、きゅっと胸が絞《しぼ》られる。史人は頷いた。

「当たり前だろ」

ホッとしたように微笑んで、彰二は仕事に出かけて行った。彰二の背中を見送り、史人は気が抜けたように玄関横の壁に凭《もた》れた。

彰二には物分かりのいいことを言ったけれど、やはり本音は寂しかった。明日、彰二は仕事で史人は実家に帰る。話したいことがあったのはもちろんのこと、もっと二人の時間が欲しかった。史人はまだ、彰二に触れてすらいない。こんなことなら風呂で変に意識したりせず、彰二の身体を目に焼き付けておけばよかった。史人ははぁ、とため息をついた。

それに、彰二の体調も気掛かりだ。彰二はいつものことだと言ったが、こんな調子で休みなく働いていて、本当に大丈夫だろうか。そのうち身体を壊すのではないか。睡眠はちゃんととれているのか。もやしもいいが、そればかりでは栄養が偏《かたよ》ってしまう。風呂にしても、いちいち外に出るよりは、家の中にあった方がいくらか寝る時間が増えるだろう。

二人で暮らせば、彰二の生活が少しは楽になるのではないだろうか。

一度失敗しているから、再び同居を始めるのには勇気がいる。だが、こんな状態の彰二を目《ま》の当たりにすると、やはりそのことを考えずにはいられなかった。


暗い道路の真ん中に立っている史人に気付くと、彰二はひどく驚いて「わっ」と声を上げた。

「え、どうしたんだ?」

「メールあったから、出てきてみただけ」

深夜の二時だ。彰二から帰ると連絡があり、いてもたってもいられず、迎えに出てきてしまったのだ。

「よく帰り道わかったな。あ、さっき言ったっけ。つか、眠いんじゃねーか? ほんと悪かったなあ」

「大丈夫だって」

「あ、あんま近寄らねー方がいいぞ、俺埃《ほこり》まみれだから。帰ったら水道で身体洗うからさ、そしたらちゃんと綺麗になるから」

「え、あのシンクで?」

「そ。もう慣れたもんだぜ、ちゃちゃちゃっとな。あ、引いたな?」

「引いてないっ！」

「いや、マジで俺、もうこっちが板につきすぎちゃってさあ。本業どっちかわかんねーわ」

彰二は自分の作業服の胸元を軽くつまみ、白い歯を見せて笑った。

「まあ、あんまかっこいいとも思わねーけど」

「かっこいいよ、凄く」

笑いかけると、彰二も照れくさそうに笑った。

彰二のアパートまで並んで帰りながら、史人は自然と口を開いた。

「なあ、彰二。俺、こっちへ戻ってきてもいいかな」

昨日からこの一言を言うのに緊張していたはずなのに、驚くほど気負いなく、するりと口にしていた。

実は一時間ほど前、史人はこっそり彰二の作業現場を見に行ったのだ。場所は分かり易く、彰二が言っていたとおり、大通り沿いの中古車販売店の角だった。暗い中でも、ヘルメットと作業着姿で立ち働いている背の高い男の姿はすぐに分かった。舗装工事だろうか。彰二は重機の側で、シャベルを持って作業をしている
深夜、工事をしている作業員のことなどこれまで考えたこともなかったが、身近な人間があの中にいると思うと、見方も変わる。人が眠っているこんな時間に、黙々と力仕事を続けるのは大変なことだ。作業を続ける彰二を見ているうちに、自然と、だが強く思ったのだ。

彰二の側で、彰二の顔が見られる場所で、生きていきたい。

彰二はすぐに返事をしなかった。ひどく戸惑った顔で史人を見下ろし黙り込む。彰二の表情に、史人は途端に不安になった。やはりすぐに賛成してくれるというわけにはいかないのか。

暗い面持ちをしていた彰二が、やっと口を開く。

「……史人、見てて分かったと思うけど、俺、まだ全然だぜ。……つか、呆れてんじゃねえかと思うけど、風呂もないアパートに住んでて、仕事だってまだバイト掛け持ちしてて、カメラで食ってくなんてまだまだだ。自分のことで精一杯で、せっかく会いにきてくれてもおまえを放ったらかしちまうし。俺、史人と一緒にいたら、またおまえに甘えんじゃねえかって、ちょっと怖いんだ」

いつになく自信なさそうに、不安げに彰二は言う。きっと彰二は、精一杯の本音を打ち明けてくれている。史人は両手をぎゅっと握りしめた。

「確かに、先のことは分からないよな。……けど俺、甘いかもしれないけど、今度は一緒に頑張れる気がするんだ。……俺、一人になって思ったんだ。ずっと彰二のためにとかカッコいいこと思ってたけど、それは違うんじゃないかって。俺がおまえに何かしてやろうなんて思い上がりで、何にもしてやれることなんてなくて、彰二の道は彰二が自分で何とか歩いていくんだ、俺もそうなんだ、きっと。でも、隣に誰かいると思うだけで、険《けわ》しい道が歩きやすくなることがあるんじゃないかって思うから。その時彰二の側にいるのは……俺でいたい」

うまく言えない。だがずっと考えていたことだ。ここに来て、彰二を見ていて強く固まったこの気持ちが、彰二に伝わればいいと思う。

離れてみて分かったことはたくさんある。相手に依存《いぞん》して生きていたのは史人も同じだった。彰二に側にいて欲しくて思考を放棄《ほうき》していたことに、当時の自分は気付かなかった。

「もう一度信じてくれって言ったよな、彰二」

彰二がこくりと頷いた。

「俺、信じる。おまえのこと好きだから、たぶん何度でも信じる。だからおまえも自分のことと、あと俺のことも、信じて、欲しい」

史人は一度、仕事にも恋愛にも失敗した。だからこそ、もう怖いものはない。どんな状況でもしぶとく生きていける気がする。要領は悪いし、仕事がばりばりできる方でもないが、何もできないという訳じゃない。史人は史人のできることをすればいい。もう一度、自分の足で立って、彰二の側にいたかった。

彰二は立ち止まったまま、目の覚めたような表情で、ただじっと史人を見下ろしてくる。史人はその手をぎゅっと握った。

「帰ろう」

手を少し引くと、ようやく彰二は歩き出した。しばらくして、握った手は強く握り返された。史人はほっと安心した。

彰二は部屋に戻るとすぐに、ざっとシンクで頭を洗い、タオルで身体を拭いてしまった。本人が言っていた通り慣れたものだ。上半身裸のまま押入れから布団を投げ出して敷くと、史人の腕を引く。

「ムードねえよな、ベッドが欲しい」

風呂に食事にベッド。改善したい箇所がたくさんあるようだが、史人は何でも構わなかった。風呂ではよく見られなかったから、改めて彰二の身体を眺める。以前より筋肉がついて、逞《たくま》しい体つきになっている。手足が長く痩《や》せているのは変わらないが、引き締まった腹部や二の腕についた筋肉は新鮮だ。史人はつい物珍しげに、盛り上がった太い腕に触れた。

「ガテン系長いからなあ。あとアシスタントも結構力仕事だし。いい身体になっただろ？」

茶化すように言う彰二に頷きながらも、しつこく硬い筋肉を擦《さす》っていると、彰二に腕を摑《つか》まれた。

「もういい？　俺結構我慢してんだけど」

見ると、彰二の作業ズボンの前は明らかに盛り上がり、存在を主張している。

「昨日は俺、寝ちゃったし」

拗《す》ねたような口調で彰二はぼそぼそと言う。

「すげえやりたかったんだけど」

「……疲れて、そんな気にならないのかと思ってた」

「そんなわけあるか」

全然そういう気配がないから、したいのは自分だけなのかとまで思っていた。彰二にその気があって、心底ほっとした。同時に、彰二に対する愛《いと》しさが一気に込み上げてくる。思いが溢れてきて、体の中に留《とど》めておけない。彰二も同じように思ってくれたのか、お互いに顔が近づき、口唇を合わせ、舌を絡《から》ませ合った。柔らかい粘膜同士で触れ合い、やっと彰二との距離がぴったりと重なった気がした。硬い腕に抱き寄せられ、下着ごとズボンを脱がされた。彰二も裸になり、座ったままお互いのものに手を伸ばす。

「彰二……」

「ん？」

彰二の手はひどく優しく遠慮がちで、史人は少しじれったかった。

「もっと」

強く、とはっきり言えず、自分から腰を押しつける。

彰二は驚いたのか一瞬手を止めた。けれど次の瞬間には、痛いくらい強く袋ごと掴みあげてくる。史人は強い刺激に息をつめた。痛みだけではない甘い感覚が生まれ、じわじわと広がっていく。史人のそれはさっきよりも更に熱く反応して、彰二の手を押し返していた。ピンク色に張りつめた先端が、彰二の指の間からぬらりと覗く。

「史人のココ、相変わらずだな。綺麗なピンク」

おまえって幾つなの？　と揶揄《からか》うように言われて、史人は彰二に弄《もてあそ》ばれる自分自身から目を逸らした。乱暴に揉みしだかれ、時に柔らかく撫で上げられて、史人のそこは敏感に硬くなり、濡れていく。まるで喜んでいるかのように漏れ出るいやらしい音が、恥ずかしい。

「ほら、嬉しいって言ってるぜ。ほんとやらしいな」

そんなことを言われると、羞恥《しゅうち》に消え入りたいような気持ちになる。なのに、恥ずかしいと思えば思うほど、強い快感が湧き上がり、腰が勝手に揺れてしまう。正直な反応を返す史人を見て、彰二が笑うのが分かる。呆れているかもしれない。こんなにいやらしく欲しがる姿を見られるのは嫌なのに、感じるのも反応するのも自分では止められなかった。

史人も彰二の熱い昂《たかぶ》りを必死に扱《しご》いた。だが、自分の快感が強くて思うように動かせない。彰二にも気持ちよくなってほしくて、史人は自分から彰二の中心に頭を埋《うず》めた。勃起して頭を擡《もた》げるそれを躊躇《ちゅうちょ》なく口に含む。彰二がびくりと腰を震わせ、熱い息を吐いた。

彰二が口でされるのが好きなのはよく知っている。喜んで欲しくて繰り返しているうちに、史人もこれでひどく興奮するようになってしまった。

「おまえの口ん中、やっぱ最高……」

喉の奥の奥まで招き入れて、出し入れを繰り返しながら、時折目線を上げ彰二の表情を見る。とろんとした目と半開きになった口から漏れる切迫した息継ぎで、彰二が感じてくれているることが分かる。伏せられたまつ毛の長さや突き出た喉仏のラインは、見惚《みと》れるほどに綺麗だ。この男の側にいられることをひどく幸せだと思った。何をされてもいいから側にいたい。そんな風に思うのは間違っているのだろう。けれど、史人は彰二の言いなりになることに心地よさを感じている。そんな自分を、否定できない。

「おまえってほんと……いきなりエロい……」

彰二が呟く。

「真面目くさった顔してるくせに……詐欺だな」

揶揄うような口調に羞恥心を煽《あお》られ、身体はどんどん熱くなる。もぞもぞと腰を揺らしていると、彰二は突然史人の口腔から自分を引き出した。余裕のないぎりぎりの顔をしている。そのまま布団に押し倒され、正面から繋がった。

「……っ」

身体の中に、熱い楔《くさび》を打ち込まれる。腹の中が彰二でいっぱいになって、熱くて、苦しい。

「く……っ、きっつっ」

彰二がうめき声を漏らす。

久々の感覚に興奮して、身体から力が抜けない。けれど、嬉しい。彰二と繋がるのは二年ぶりだ。なのに、そんなに間隔が空いたとは思えないほど、史人は彰二の息遣いや匂いや、伸し掛かってくる身体の重さを覚えている。ここが帰ってくる場所なのだと言い聞かせられているようだ。

彰二を深いところで受け止めながら、史人は彰二に求められているということの心地よさに酔った。できればいつまでも、こうして彰二を感じていたかった。

「明日田舎に帰って、両親に話するよ。話がついてから、仕事と住むとこ探しにまた出てくる」

史人は布団に寝転ぶ彰二の横顔に話しかけた。彰二がこちらを向いて頬杖《ほおづえ》をつく。こうして間近で見ていると、深い目の色は吸い込まれそうなほど綺麗だ。改めて考えても、この男に落ちない自分なんて、想像できない。

「畑の方は大丈夫なのか？　おまえがいなくても」

「うん、父親ははなから俺にはあんまり期待してなかったみたいだ。近所で手伝いあったりして何とかやってるみたいだし、東京に戻りたいなら戻っていいって、実はこっちに来る前にも父さんに言われたんだ」

父親は最初から、息子がこのまま田舎にとどまっていると考えてはいないようだった。

「おまえ、東京に戻りたいなら、戻ってもいいんだぞ」

父親が突然そんな風に言ったのは、彰二が東京に戻ってから数日後だった。

実はあの後、父親に対して少し気まずい思いを抱いていた。彰二が東京へ帰る日、史人は彰二になりふり構わず抱きついて、泣いてしまった。父親はトラックに乗っていたが、そんな二人の様子が見えなかったとは思いにくい。いい歳《とし》をした息子が友人の筈《はず》の男に縋《すが》りついて泣くのを見て、父親はどう思っただろう。それを考えると、東京に出てくる前日「矢井田君によろしく」と言った父親の言葉にも、何か別の意味があるんじゃないかと考えてしまう。

だが、もし父親が何か気付いていたとしても、その上で東京に出てもいいと言ってくれるのなら、甘えようと思っていた。もちろん、もっと先の未来のことは分からないけれど。

彰二は落ち着いた穏やかな目で史人を見つめている。史人の前髪を払うようにしながら言った。

「なあ、史人。こっちに戻ってきて、俺がアシスタント辞めたらさ、その時こそ旅行に行かないか。学生の頃行っただろ、あそこ」

忘れもしない。鈍行を乗り継いで行った、本州の端にある大きなコンビナートだ。海から見える景色がテーマパークのように美しいのだと、どこかで読んだ。

「今度こそ、行こう」

「……うん」

史人は頷いた。その地に立っている自分たちの姿が、今度こそはっきりと見える。あの時見せてくれた彰二の宝物の中にやっと立てるのだと思うと、熱いものが込み上げてきて、目尻を濡らした。


早朝、仕事に行く彰二を送り出し、史人は昼過ぎにアパートを出た。史人のポケットには彰二の部屋の合い鍵が入っている。持っていてくれと今日の朝渡されたものだ。

彰二は仕事に行くのを随分渋っていた。史人ももちろん離れがたかったが、次は二ヶ月も空けずにやってくることになるのだからと、彰二と自分に言い聞かせた
駅に着き、改札を通ろうとした時、携帯が鳴った。彰二の名が表示されていることに驚いて、何かあったのだろうかと急いで出る。

『史人、今どこ？　もう電車乗った？』

「いや、今駅に着いたとこだけど。何かあった？」

『時間あるか？　ちょっとそこで待ってて欲しいんだけど』

「いや、時間はあるよ、電車決まってるわけじゃないし」

『じゃあ待っててくれ、すぐ行く』

早口で言って電話は切れた。言われた通り駅で待っていると、十分後、彰二が息せき切ってやってきた。

「どうしたんだよ、仕事は?」

「今ちょっと時間空いたんだ、急いで帰ってきたんだけど、間に合ってよかった」

はあはあと荒い呼吸を繰り返しながら言うと、彰二は脇に挟んでいた本のようなものを差し出した。

「これ、渡そうと思ってたの思い出してさ。この間史人の家で撮った奴とか、色々」

「彰二が撮った写真?」

すぐさま捲《めく》ろうとすると、彰二の手で遮られた。

「あとで見て、恥ずかしいから」

らしくないと思いながらも、史人は頷いた。貰ったアルバムを胸に抱える。

「分かった」

「俺、すぐ戻らなきゃいけない」

「ああ、だよな」

言葉が途切れ、お互いを見つめ合う。

「……気をつけて帰れよ」

「うん」

喉が詰まってしまったように言葉が出なかった。今朝、名残《なごり》を惜しみながらも、ちゃんと別れた。またすぐに会える。分かっているのに離れるのがつらい。頭の隅に、あともう一晩ここに泊まってもいいのではないか、という考えがちらりと浮かぶ。少しでも引き止められたら、実家まで帰る自信はない。

「ほら、行けよ」

「彰二こそ、仕事戻れよ」

「いいから、こっちが見送るのが普通だろ。おまえが行かなきゃ戻りづらい」

早くと急《せ》かされて、史人は仕方なくポケットに入れていた切符を取り出した。

「じゃあ……」

動きたくないと駄々《だだ》をこねる足を叱るようにして、彰二に背中を向ける。

「史人」

名前を呼ばれて、勇んで振り返った。

「……俺、踏ん張るよ」

懸命な目がそこにあった。本気でやり直そうとしている彰二に少しでも寄り添いたい。史人は、引き止めて欲しいなどと考えていた自分を戒めた。

「うん」

史人は頷くと、意を決して踵《きびす》を返した。振り返らないように早足で改札を抜け、ホームに上がる。ちょうどやってきた電車に飛び乗ると、詰めていた息をやっと吐き出せた。座席に腰を下ろすと、身体からどっと力が抜ける。

彰二の街はあっという間に小さく遠くなる。車窓をぼんやり眺めながら、ふと脇に挟んだままのアルバムを思い出した。

開いてみると、中には史人の地元の風景が並んでいた。山と道、黄金色の梨、働く両親。何度も飽《あ》きるほど見た、何の変哲もない田舎の景色のはずなのに、まるで初めて見る場所のように、活き活きと輝いている。だがそれらは全て、史人が生きている世界に間違いない。

胸が高鳴る。静かだが確実に、史人の心は撃ち抜かれていた。彰二の目が切り取った世界は、史人が感じていたものよりも、もっとずっと美しかった。彰二はきっと、本当に美しいものを見つけ出せる。泥の中を這《は》いずりまわったからこそ、見えるものがあるのだ。

アルバムの最後のページをめくり、史人は思わず漏れそうになった声を手で押さえた。

自分でも知らない自分の顔。そこにあったのは、輝くように笑う史人の顔だった。

あとがき

はじめまして、こんにちは。夏生タミコと申します。

この度はルチル文庫様での初めての本、『やがて優しくひかる夜』を手に取って下さり、誠にありがとうございます。最初から最後まで緊張し通しでしたが、やっと形になってホッとしています。

初めてということで、何を書こうかなと考えた時に、初めてというのは後にも先にもこれ一度きりなのだから、とにかく書きやすいものを書こう！　と思いまして、自分の一番好きな設定の二人を書きました。

要するに、ダメな奴と、健気な奴です。私は個人的には、健気すぎるというのもダメな奴の部類にちょっと入っているのではないかと思っていますので、総じてなんかダメな奴、というのがとても好きです。好きという力は凄いもので、今回の二人、彰二と史人はキャラにあまり迷わず、比較的すらすら書くことができました。

とはいえ、書いている最中は、今まで生きてきてこんなに書けなかったことがあっただろうか…。この苦しみは初体験。正解が見えない。これは小説になっているのか疑問。もう筆を折ろう、これが最後の執筆になるであろう……等々、あれこれ悩み抜いていたのですが、書き終わった時にはすっかり忘れていました。初稿を提出した時、担当様に、「どこが難しかったですか?」と聞かれ「忘れました」と答えるしかなく、な、なんと都合のいい脳味噌なのだろう…。と自分に呆れ、しかし感心しました。

だって、忘れるから、また書ける……。

さて、彰二と史人ですが、如何でしたでしょうか。

彰二、とてもダメな奴でしたが、この男のように考えが甘かったり、横着に逃げたり、怠けて現実から目を背けたり、ということは、きっとそんなに特別なことではなく、誰もが持っている部分ではないかなと思います。自分で書きつつ、しばしば心にナイフが突き刺さりました。恋人も、当たり前のように側に居てくれる間は、鬱陶しいとしか感じられなかったり、一人の方が楽だと思ってしまったり、そういうのってありがちな感情ですよね。

しかし、そういう感情や甘えを持ってはいても、きっと大多数の人は、何とか踏ん張って自分の足で立っている。だから彰二にも、きっとやり直すことはできるはずだと信じて書きました。

史人は少し不憫ですが、こういう彰二に惚れてしまったからには、もう仕方がないのでしょう。これからはきっと、もう少し楽しい恋愛ができるはずですし、彰二に我儘の一つでも言えるようになればいいと思います。少し時間はかかるかもしれませんが、きっとなるはずです。

今回、挿絵は緒田涼歌先生が描いて下さいました。あの美しいイラストを描かれる先生が、この花のない二人を⁉　い、いいのだろうか…。と恐れ多いような気持ちでしたが、ラフを拝見し、感激しました。甘い顔立ちに冷たい視線の彰二と、真面目で優しそうな史人は、まさしく彰二と史人そのものでした。先生、美しいイラストをありがとうございました。

それから、担当様、この度は本当にお世話になりました。プロット時の指摘など、分かり易く納得のいくもので、その後がとても書きやすかったです。丁寧に細かく対応していただき、感謝しております。ありがとうございました。

そして、この本を読んで下さった皆様へ、少しでも楽しんでいただけましたら幸いです。ありがとうございました。

✦初出　やがて優しくひかる夜……………書き下ろし
てのひらのひかり…………………書き下ろし

夏生タミコ先生、緒田涼歌先生へのお便り、本作品に関するご意見、ご感想などは
〒151-0051 東京都渋谷区千駄ヶ谷 4-9-7
幻冬舎コミックス　ルチル文庫「やがて優しくひかる夜」係まで。

幻冬舎ルチル文庫

やがて優しくひかる夜

2015年2月20日　第1刷発行

✦著者	夏生タミコ　なつお たみこ
✦発行人	伊藤嘉彦
✦発行元	株式会社 幻冬舎コミックス 〒151-0051 東京都渋谷区千駄ヶ谷 4-9-7 電話 03(5411)6431［編集］
✦発売元	株式会社 幻冬舎 〒151-0051 東京都渋谷区千駄ヶ谷 4-9-7 電話 03(5411)6222［営業］ 振替 00120-8-767643
✦印刷・製本所	中央精版印刷株式会社

✦検印廃止

ISBN978-4-344-83378-4　C0193　Printed in Japan